Weihnachtliche Geschichten
geschrieben von „gekrönten Häuptern"
aus Rheinland-Pfalz

© 2007
Copyright by
Kontrast Verlag
D-56291 Pfalzfeld
www.Kontrast-Verlag.de

Titel: Angelika Krikava
Alle Rechte vorbehalten
ISBN 978-3-935286-73-2

Weihnachtliche Geschichten

geschrieben von „gekrönten Häuptern"
aus Rheinland-Pfalz

Ein Benefizbuch zugunsten der
SWR/SR-Initiative „Herzenssache"

Judith Bell
Früher: Judith Schwarz
Weinkönigin Mosel-Saar-Ruwer 1993 – 1994

Der Weihnachtstraum

Jedes Jahr feiern wir mit unseren Gästen hier im Schloss-Hotel Petry ein besinnliches Weihnachtsfest. Dabei spielen unsere Kinder Lukas (9 Jahre), Antonia (7 Jahre) und Franziska (2 Jahre) natürlich für unsere Gäste.

Nun können auch Sie diesen Abend miterleben.

Träumer Lukas vor dem Weihnachtsbaum

Ich lag und schlief. Da träumte ich
einen wunderschönen Traum:
Es stand auf unsrem Wohnzimmertisch
ein hoher Weihnachtsbaum.

Und bunte Lichter ohne Zahl,
die brannten ringsumher,
die Zweige waren allzumal
von goldnen Äpfeln schwer.

Und Zuckerpuppen hingen dran;
das war mal eine Pracht!
Da gab's, was ich nur wünschen kann
und was mir Freude macht.

Und als ich nach dem Baume sah
und ganz verwundert stand,
nach einem Apfel griff ich da,
und alles, alles schwand.

Da wacht' ich auf aus meinem Traum,
und dunkel war's um mich.
Du lieber, schöner Weihnachtsbaum,
sag an, wo find ich dich?

Da war es just, als rief er mir:
„Du darfst nur artig sein,
dann steh ich wiederum vor dir,
jetzt aber schlaf nur ein!

Und wenn du folgst und artig bist,
dann ist erfüllt dein Traum,
dann bringet dir der heil'ge Christ
den schönsten Weihnachtsbaum."

Ich lag und schlief. Da träumte ich
einen wunderschönen Traum:
Spielend am Klavier saß ich
neben dem Weihnachtsbaum.

Lukas spielt am Klavier: Alle Jahre wieder

Ich wieder lag und schlief. Da träumte ich
einen wunderschönen Traum:
Ein lieblich weißer Engel weckte mich
auf einem Meer von Wolkenschaum.

Engel Antonia kommt und spricht ihr Gedicht:

Vorbei an vielen weißen Wolkendaunen,
wo Englein bliesen die Posaunen,
blies über's große Häusermeer:
„Vom Himmel hoch, da komm ich her,
ich bring' euch frohe, neue Mär ..."

Und die Menschen in der Großstadt Trubel,
sie verstanden nichts von diesem Jubel.
Sie hasteten, sie schoben, traten
verbissen und paketbeladen.

Sie tauchten zwar ein in's Weihnachtslicht,
und hörten doch die Botschaft nicht.

Und nur ein Kind, das sehnsuchtstrunken
ganz in sein Paradies versunken,
sich platt gedrückt die kleine Nase
an einem kalten Fensterglase,
sah zwischen Tausend Giebelspitzen
das Englein auf der Wolke sitzen.

Es lauschte mitten im Verkehr
dem Klang: „Vom Himmel hoch, da komm ich her!"

So lasst uns doch auf diesen Erden,
nun wieder wie die Kinder werden!
Dann hat, wenn froh man hört und staunt,
das Englein nicht umsonst posaunt!

Lukas träumt weiter:

Ich weiter lag und schlief. Da träumte ich
einen wunderschönen Traum:
Ein strahlend heller Stern kitzelte mich
im unendlich weiten Weltenraum.

Stern Franziska kommt herein und singt:

Stern, Stern, kleiner Stern,
heller Stern, du bist ein Spiegel,
denn der Glanz gehört nur dir.
Du hast ihn nur ausgeliehen,
gibst ihn weiter schenkst ihn mir.
Stern, Stern, kleiner Stern,
ich weiß wohl, du leuchtest gern.
Stern, Stern, kleiner Stern,
such nach deinem Licht.
Stern, Stern, kleiner Stern,
ich weiß wohl, du leuchtest gern.

Stern, Stern, kleiner Stern,
ohne Menschen geht das nicht.

Helle Sterne sind wie Augen,
sehen auf den tiefsten Grund.
Tun, wenn sie was Schönes sehen,
dies mit ihrem Strahlen kund.

Helle Sterne sind wie Ohren,
hören, was das Herz berührt,
sind für die, die sie erkennen,
Zeichen, das durchs Leben führt.

Lukas träumt weiter:

Ich weiter lag und schlief. Da träumte ich
einen wunderschönen Traum:
Helle Glöckchen eines Schlittens hörte ich,
und zwei Weihnachtsmänner sah ich in meinem Traum.

„Jingle Bells" erklingt in vollen Tönen. Opa Hans und Pedda Daniel kommen als Weihnachtsmänner mit dem großen funkelnden Schlitten, beladen mit schön verpackten Geschenken und duftenden Plätzchen herein.

Träumer Lukas, Engel Antonia und Stern Franziska helfen den Weihnachtsmännern beim Bescheren aller Gäste und wünschen jedem ein gesegnetes Weihnachtsfest.

Alle zusammen stimmen „Stille Nacht, Heilige Nacht" an und der harmonische Abend klingt aus.

Sylvia Benzinger
Deutsche Weinkönigin 2005 – 2006

Der fliegende Weihnachtsbaum

„Mama, wann ist denn endlich Weihnachten?", fragte meine kleine Schwester Paula schon mindestens zum zehnten Mal, seit wir uns auf den Weg zu unserem traditionellen Weihnachtsbesuch bei den Großeltern gemacht hatten.

„Weihnachten ist dann, wenn das Christkind kommt", antwortete mein Vater etwas ungeduldig und konzentrierte sich weiter auf den Autobahnverkehr vor und hinter uns.

„Und wann kommt das Christkind?", kam die prompte Gegenfrage von Paula.

„Dann, wenn du alle Türchen an deinem Adventskalender aufgemacht hast", antwortete Mama.

„Okay, dann mache ich nachher bei Oma gleich alle auf – und dann kommt das Christkind!" Paula strahlte über beide Ohren, stolz auf ihre Idee.

Meine vier Jahre alte Schwester war mit der Aussicht, die beiden Tage bis sie ihre Weihnachtsgeschenke auspacken durfte zu überspringen, so zufrieden, dass sie keine Fragen mehr stellte. Hoffentlich hielt das so lange an, bis wir bei Oma und Opa waren.

Weihnachten ist immer etwas Besonderes. Vor allem, wenn wir bei den Großeltern sind. Dann kommen auch unsere Cousins und Cousinen, Onkel und Tanten. Es gibt leckeren Braten mit Knödeln und viel Soße. Und Weihnachtsplätzchen! Am liebsten habe ich die langen Stangen aus Rührteig. „Wolfszähne" nennt meine Oma sie. Bei der Vorstellung, dass der böse Wolf, dem das Rotkäppchen im Wald begegnet, ein Gebiss aus den bis zu zehn Zentimeter langen Teigstangen im Maul hat, muss ich lachen.

„Was lachst du denn, Klara?", fragte meine Mutter von vorne.

„Ich freue mich auf das Christkind", antwortete ich.

Und das tat ich. Denn das Christkind kommt an Weihnachten tatsächlich zu unserer Oma. Weil es das Christkind nämlich wirklich gibt!

Zwei Tage später war es dann auch wieder soweit. Nach dem Frühstück haben Paula, ich und unsere beiden Cousins die letzten Türchen am Adventskalender aufgemacht. Dann wurden wir mit Opa, Papa und Onkel Klaus zum Wandern in den Wald geschickt.

Zufällig entdeckten wir die Spur von Waldemar, dem Bonbonzwerg. Der hatte die Taschen immer so voll Bonbons, dass er beim Durch-den-Wald-Hüpfen – das ist die normale Art wie Bonbonzwerge sich fortbewegen – ständig welche aus seinen Taschen fallen ließ.

Wir Kinder folgten eifrig der Bonbonspur in der Hoffnung, in diesem Jahr das Versteck von Waldemar zu finden. Aber, wie auch immer er es anstellte – wir haben es nicht geschafft! Unsere Enttäuschung wurde dadurch gemildert, dass wir wenigstens die Bonbons behalten durften, die dem Zwerg aus der Tasche gefallen waren.

Als wir aus dem Wald zurück zu Oma, Mama und Tante Heike kamen, gab es Mittagessen. Apfelpfannkuchen – die dufteten so fantastisch nach Zimt, Vanille und Apfel – nach Weihnachten eben!

„Wie lange ist es noch bis Weihnachten?", wollte Paula mal wieder wissen.

„Ihr geht jetzt erst mal in eure Zimmer und schlaft ein wenig", sagte Oma bestimmend. „In zwei Stunden gehen wir in die Kirche."

Sie wusste wohl ganz genau, wie schwer es für uns Kinder war, die letzten Stunden vor dem Öffnen des Weihnachtszimmers zu verbringen.

Das Weihnachtszimmer – das ist so eine Sache. Eigentlich ist es ja das Wohnzimmer von Oma und Opa. Aber nicht wie bei uns zu Hause ein Wohnzimmer, das man jeden Tag benutzt. Unsere Großeltern benutzen es nur an Sonntagen. Und an Feiertagen wie Ostern und Weihnachten. Und natürlich wenn Oma oder Opa Geburtstag haben. Und wenn ein wichtiges Fußballspiel war, dann schaute Opa sich das Spiel im Fernsehen mit seinen Freunden hier an.

Vor Weihnachten wird das Wohnzimmer immer abgeschlossen. „Damit die Weihnachtswichtel in Ruhe den Baum schmücken können und alles für das Christkind vorbereiten können!"

Diese Erklärung bekamen wir jedes Jahr von unserer Oma zu hören. Und natürlich versuchten wir jedes Jahr vor dem eigentlichen Heiligen Abend einen Blick in das Zimmer zu werfen. Aber das hatten wir bisher noch nie geschafft.

Auch in diesem Jahr gingen wir mehr oder weniger brav nach oben in unsere Zimmer. Die Jungs in ihres, Paula und ich in unseres. Meine kleine Schwester war von der Wanderung ziemlich geschafft. Sie legte sich einfach in ihr Bett und schlief sofort ein. Ohne den Pullover oder die Hosen auszuziehen.

Ich legte mich ebenfalls mit Hose und Pullover auf mein Bett und dachte nach. Über das Christkind. Und die Weihnachtswichtel. Den Weihnachtsmann. Und das Weihnachtszimmer. Und wie ich es schaffen könnte, einen Blick hineinzuwerfen, bevor es Weihnachten war. Ich wollte ja nur sichergehen, dass es die Weihnachtswichtel auch wirklich gibt, die dem Weihnachtsmann beim Geschenkeverteilen helfen.

Beim Osterhasen war ich mir langsam nicht mehr so sicher. Dieses Jahr hatte ich nämlich Papa im Garten gesehen, wie er die Ostereier versteckt hat. Und der Nikolaus, der immer zu uns ins Haus kam, trug dieselben schwarzen Schuhe wie Harald, ein Freund von Papa.

Aber beim Christkind und den Weihnachtswichteln bin ich mir sicher, dass es sie wirklich gibt! Und ich will es mit eigenen Augen sehen, wie sie den Weihnachtsbaum schmücken und die Geschenke unter den Baum legen.

Fest entschlossen stehe ich auf und öffne leise die Tür zum Gang. Paula schläft tief und fest. Auf dem Gang ist nichts zu hören. Ich schlüpfe hinaus und schleiche zur Treppe. Die alte Holztreppe knarrt auf einigen Stufen ganz schön laut. Ich habe aber schon oft geübt, lautlos hier herunterzukommen. Ich setze mich ganz an den Rand der Treppe, direkt an die Wand. Dann strecke ich die Beine aus, bis meine Füße auf der übernächsten Stufe Halt finden. Ich stütze mich mit den Armen ab und rutsche eine Stufe auf dem Hintern hinunter. Das funktioniert ganz ohne Knarren. „Hoffentlich ist Oma schon aus der Küche gekommen!", fällt es mir plötzlich ein. Sie wollte noch aufräumen und sich dann auch noch ein bisschen hinlegen. Ich halte inne und lausche, aber ich höre nichts. Kein Geräusch im ganzen Haus.

Also taste und rutsche ich weiter die Treppe hinunter. Alle sechzehn Stufen.

Die Treppe endet genau gegenüber der Tür zum Weihnachtszimmer. An der Tür angekommen, legte ich mein Ohr daran. „Mal schauen, ob ich die Wichtel hören kann", sagte ich ganz leise zu mir selbst.

„Pst, seid alle leise – ich glaube eines der Kinder horcht an der Tür", sagte eine piepsige Stimme von drinnen.

„Ach was, die schlafen tief und fest. Die habe ich heute Morgen nämlich schön lange durch den Wald laufen lassen."

Diese Stimme ist jetzt tiefer, es muss also ein männlicher Wichtel sein.

„Ach ja, der liebe Waldemar. Wenn du nur den ganzen Tag durch den Wald hüpfen und deine Bonbonspuren legen kannst."

„Aber es wirkt, meine liebe gute Fee", kommt es prompt von Waldemar zurück. Aber kann das sein? Gab es den Bonbonzwerg wirklich? Zusammen mit der guten Fee? Waren es nicht nur Geschichten aus dem großem Märchenbuch mit dem rosa Umschlag, aus dem uns Mama jeden Abend eine Gutenacht-Geschichte vorlas?

„Ihr Lieben, trödelt nicht so herum. Und tratscht nicht so viel. Wir haben noch eine Menge Arbeit. Schließlich muss der Baum noch an seinen Platz gebracht werden."

Diese Stimme ist noch tiefer und hört sich an wie von einem alten Mann. Ist es vielleicht der Weihnachtsmann?

Ich bin jetzt noch neugieriger geworden. Mein Herz klopft ganz laut vor Aufregung. Hoffentlich werden die Großeltern davon nicht wach!

Im Weihnachtszimmer sind jetzt Geräusche zu hören, wie wenn Omas Sessel hin- oder hergerückt wird. Neugierig drücke ich Klinke herunter – und bin total überrascht: Die Tür ist nicht abgeschlossen.

Und ich habe richtig gehört. Der Weihnachtsmann, der mir gerade mal bis zum Kinn reicht und ein kleiner Zwerg versuchen gerade, den schweren Sessel Richtung Fenster zu schieben. Um die beiden herum schwirrt in der Luft die gute Fee. Eine kleine, zarte Gestalt mit einem leuchtenden, weißen Kleid und Flügeln.

„Ah – wir bekommen Hilfe. Prima. Du musst Klara sein. Dann pack mal mit an", kommt der Weihnachtsmann auf mich zu und schiebt mich Richtung Sessel. Ich bin so überrascht, dass ich gar nichts sagen kann.

Gemeinsam schieben wir den Sessel vom Fenster weg in eine Ecke.

„Puh", schnaubt Waldemar, „der ist ganz schön schwer!"

„Jetzt stell dich mal hier an die Tür, Klara", sagt der kleine Weihnachtsmann. Kaum bin ich in Position, schwingt die gute Fee ihren kleinen Zauberstab. Das Fenster geht von alleine auf und ich traue meinen Augen nicht: Da kommt ein Schlitten hereingefahren – nein, geflogen! Gezogen wird er von sechs Rentieren, die alle so groß sind wie die Pferde auf dem Karussell, das bei uns an der Kerwe steht. Um den Schlitten herum sprühen Funken, es glitzert und leuchtet. Auf dem Schlitten liegen lauter Geschenke, bunt eingepackt, manche mit großen Schleifen. Die Rentiere landen genau vor meiner Nase.

„Du kannst sie ruhig streicheln"; sagt der Weihnachtsmann zu mir. Sie fühlen sich weich und kuschelig an. Und so wunderbar warm!

Der Schlitten ist nicht das Einzige, das durch das Fenster geflogen kommt. Ihm hinterher fliegt – ein vollständig geschmückter Weihnachtsbaum! Er wird von vielen kleinen Elfen getragen, deren Flügel genauso leuchten wie die von der guten Fee. Und der Baum ist so wunderschön. Mit goldenen und roten Kugeln, goldenem Engelshaar, roten Schleifen und einer goldenen Spitze. Zwischen den Kugeln hängen Lebkuchen und Zuckerherzen. Die gute Fee gibt den Elfen genaue Anweisungen, wo sie den Baum abstellen sollen.

„Jetzt noch schnell die Geschenke verteilen"; sagt die gute Fee, „und dann geht es weiter."

„Wird auch langsam Zeit", mault Waldemar.

„Nur ruhig, du Zwerg. Wir werden schon rechtzeitig mit allem fertig", antwortet der Weihnachtsmann.

Die gute Fee schwingt ihren Zauberstab wie wenn sie eine liegende Acht in die Luft malen will. Und auf einmal fliegen die Geschenke vom Schlitten und landen unter dem Weihnachtsbaum!

Die gute Fee schaut sich alles an und nickt zufrieden. Dann lässt sie aus ihrem Zauberstab eine Wolke von Goldstaub auf ihn herabregnen. Da fängt der Baum zu leuchten an. Er leuchtete so wunderbar, wie ich es noch nie gesehen habe!

„Weihnachtsmann, du kannst dem Christkind jetzt Bescheid geben, dass hier alles fertig ist!", sagt die gute Fee.

„Wird gemacht", kommt es zurück. Der Weihnachtsmann klettert auf seinen Schlitten, nimmt die Zügel in die Hand, ruft mir noch ein „Frohe Weihnachten, Klara" zu und verschwindet samt Schlitten durch das offene Fenster.

„Frohe Weihnachten", kann ich ihm gerade noch hinterher rufen.

„Frohe Weihnachten! Und pass auf, wenn du das nächste Mal im Wald bist, dass du keine Bonbons liegen lässt!", verabschiedet sich auch Waldemar, der Bonbonzwerg, und klettert auf die Fensterbank.

„Wenn du nur nicht immer die Taschen so voll mit Bonbons hättest, bekämen die Kinder keine Karies", schimpft die gute Fee und fliegt mit ihren Elfen ebenfalls zum Fenster.

„Frohe Weihnachten", kann ich auch ihnen gerade noch hinterher rufen.

Kaum sind Fee, Elfen, Zwerg und Weihnachtsmann verschwunden, wird es vor dem Fenster hell. Ein weißer Lichtschein taucht vom Himmel her auf und nähert sich dem noch offenen Wohnzimmerfenster. Und dann schwebt es herein: das Christkind! In einem weißen, leuchtenden Kleid, ein Goldreif schwebt um seinen Kopf, kommt es ins Weihnachtszimmer. Es stellt sich neben den Weihnachtsbaum, schaut mich mit seinen großen, herzlichen Augen an und sagt mit einer Stimme, die sich anhört wie die meiner Mama: „Klara, wach auf, wir gehen in die Kirche und dann kommt das Christkind!"

Ich wurde wachgerüttelt und meine Mutter half mir schnell beim Anziehen.

Auf dem Weg zur Kirche und später zurück nach Hause sagte ich kein Wort. Oma und Mama machten sich schon Sorgen, dass ich krank geworden sei.

Ich war noch sehr beeindruckt von meinem Traum. Von dem wunderschönen, leuchtenden Christkind und dem Weihnachtsbaum mit dem goldenen und roten Kugeln und Schleifen.

Wieder bei Oma und Opa, versammelten wir uns in der Küche. Wir Kinder waren aufgeregt und keiner durfte ein Wort sagen. Denn schließlich wollten wir nicht das Glöckchen überhören, mit dem uns das Christkind in das Weihnachtszimmer rief. Als es endlich klingelte, stürmten meine Cousins, Paula und ich los. Im Weihnachtszimmer blieb ich mit offenem Mund stehen: Der Weihnachtsbaum sah genauso aus, wie ich ihn in meinem Traum gesehen hatte.

Können Weihnachtsbäume also richtig fliegen?

Carina Curmann
Früher: Carina Dostert
Weinkönigin Mosel-Saar-Ruwer 1999 – 2000
Deutsche Weinkönigin 2000 - 2001

Der Weihnachtsmann

Der Abend des vierundzwanzigsten Dezembers! Welch ein Grund zum Feiern! Überall leuchten bunte Kerzen, Hunde bellen und Gartenzwerge tragen Weihnachtsmützen. Bäume, die einst düster und unfreundlich aussahen, bekommen mit einem kleinen Schliff das gewisse Etwas, das einen Weihnachtsbaum ausmacht. Wo man auch hinzuschauen gedenkt, sieht man fröhliche Gesichter. In den Wohnzimmern werden bunte Geschenke geöffnet, Kinderaugen funkeln, der ein oder andere Aufschrei ertönt. Doch woher stammen die Geschenke und was wird eigentlich gefeiert? Statt Ruhe herrscht überall Rummel.

Im ganzen Getose fiel der kleine Hans gar nicht auf. Der Trubel war ihm einfach zu viel, die Geschenke, die im Wohnzimmer auf ihn warteten, interessierten ihn nicht. Schweren Herzens saß er auf der Treppe, die ihn in sein warmes Haus bringen konnte. In seiner Jacke eingekuschelt, schaute er zum Heiligabend-Himmel hinauf.

Hans wartete, wie es doch alle Kinder gerne machen, auf den Weihnachtsmann mit seinem Schlitten, der von Rentieren gezogen über die Kamine fliegen, unmerklich reinschlüpfen und gut gelaunt die Geschenke in Rekordzeit auf der ganzen Welt verteilen.

Mit einem lauten Klatsch bekam Hans einen saftigen, dicken Schneeball an den Rücken. Die Übeltäter verschwanden mit unterdrücktem Lachen hinter dem Haus. Hans gab sich aber keine Mühe, sich auch nur leise zu beschweren. Mit funkelnden Augen schaute er weiter den Himmel an.

Leere Straße. Niemand außer Hans war um zehn Uhr abends noch auf der Straße, geschweige denn, er setzte sich bei dieser Kälte noch brav hin. Den ganzen Abend lang hatte er auf den Weihnachtsmann gewartet. Nun war er ein wenig enttäuscht.

Hans' Mutter öffnete die Tür.

„Jetzt komm doch rein, mein Schatz, du musst ja frieren wie ein Eiszapfen!", meinte sie mit mütterlicher, vorsorglicher Stimme. Doch Hans rührte sich nicht. Die besorgte Frau eilte die Treppe hinunter, packte ihn und schleppte ihn mühsam nach drinnen. Hans wollte oder konnte sich nicht wehren. Wie eine Marionette ließ er mit sich tun und lassen, was man wollte.

Nachdem er sich eine halbe Stunde neben dem Kamin aufgewärmt hatte, ging er dann doch freiwillig in sein Zimmer. Dort erwarteten ihn schon hasserfüllt seine älteren Geschwister, Peter und Maria. Sie lächelten bereits hinterhältig, als sie ihn die Treppe hochkommen hörten.

Kaum hatte Hans das Zimmer betreten, ahmte Maria eine Babystimme nach. „ Hat unser Hänschen etwa geglaubt, der Weihnachtsmann würde kommen. Ist aber nicht gekommen, ohhhh!"

Peter lachte herzhaft.

Hans wurde rot. „Es ist noch zu früh, er kommt schon noch", gab er ohne große Hoffnung von sich.

Jetzt glaubte Peter an der Reihe zu sein, Hans zu hänseln. „Hat man dir endlich beigebracht, wie man die Uhrzeit feststellt? Na, da sind wir ja beeindruckt."

Beide lachten und Hans wurde wieder rot. Er konnte sich nie an die Tyrannisierung durch seine Geschwister gewöhnen. Jedes Jahr wartete er auf den Weihnachtsmann, doch nie war er gekommen, obwohl er so sicher war. Aber Hans wusste, dass der Weihnachtsmann einfach so viel zu tun hat, dass er nicht in jedem Jahr alle Kinder besuchen kann.

Er stürmte aus dem Zimmer und weinte. Schallendes Gelächter verfolgte ihn bis zur letzten Treppenstufe. Hans setzte sich wieder draußen auf der Straße hin, aber dieses Mal auf die zehn Meter entfernte Bank. Er weinte, weinte und weinte. Die Tropfen fielen auf den Schnee, niemand war da, der ihn auslachen oder trösten konnte. Seine Gedanken an den Weihnachtsmann verflogen vor lauter Kummer und Einsamkeit. „Vielleicht schaut er im nächsten Jahr bei mir vorbei", seufzte Hans leise vor sich hin.

Auch nach längerer Zeit vergingen ihm die Tränen immer noch nicht. Plötzlich setzte sich ein Mann neben ihn und fragte: „Warum weinst du denn, Hans?"

Hans fragte sich erst gar nicht, wer dieser Mann war und wieso er seinen Namen kannte. Er überhäufte den Unbekannten mit seinen Problemen. Dass er seit Jahren auf den Weihnachtsmann wartete, wie seine Geschwister ihn quälten und seine Eltern ihn nicht schützten und unterstützten, wie alle – außer ihm – glücklich auf der Straße spielen konnten.

Da bekam der Mann Mitleid. Er nahm aus seiner Tasche ein Taschentuch. Hans schnäuzte sich herzhaft. Der Mann umarmte ihn, ohne auch nur ein Wort zu sagen, stand auf, ging von dannen, stieg auf einen Schlitten, gezogen von Rentieren.

Hans merkte erst, als er gerade aufstehen wollte, was geschehen war. Doch schon flog der Mann mit dem Schlitten weg, einfach weg.

Jetzt wusste Hans, wer dieser Mann gewesen war. Der Weihnachtsmann ...

Christine Daum-Dippel
Naheweinkönigin 1991 – 1992

Schon Weihnachten!!

„Mama, Mama, was bekomm ich zu Weihnachten geschenkt? Ich hab auch gar keine großen Wünsche ... Nur Annabelle hat schon letztes Jahr einen Gameboy bekommen und ich noch nicht. Alle in meiner Klasse haben schon einen."

Mein Gott, Kinder! Was für eine Frage und das während man draußen sitzt und die letzten heißen Tage im September genießt.

„Johanna, ich weiß nicht, was ihr zu Weihnachten bekommt, dafür bin ich nicht zuständig, das macht der Weihnachtsmann in Zusammenarbeit mit dem Christkind, das weißt du doch."

Wütend, dass ihr keine ausgiebige Antwort gegeben wurde, stapft unsere Achtjährige von dannen.

Lächelnd beuge ich mich zu meiner Freundin rüber, die mit mir den Nachmittag genießt, und meine so ganz lapidar: „Bis Weihnachten ist noch viel, viel Zeit!"

Mein Gott, der erste Schnee dieses Jahr. Wo ist nur die Zeit geblieben, haben wir nicht gerade erst Herbstferien gehabt? Der krönende Abschluss war unsere Halloweenparty für die Kinder.

Ach nein, wir haben ja auch schon die Laternen für den Martinsumzug gebastelt. Dieses Jahr eine echte Herausforderung, immerhin waren drei zu machen. Es brachte mich an den Rand meiner Kapazität. So, und jetzt liegt der erste Schnee ... Wie viel Wochen noch bis Weihnachten? Mein Gott, nur noch fünf ... Unser Terminplaner quillt jetzt schon über, jedes Wochenende mindestens eine Weihnachtsfeier, sei es der Fußballverein, Musikverein, die Schule, der Kindergarten oder die Frauenturngruppe.

Fenster sind auch noch zu putzen, bevor alles wieder geschmückt wird, und ... die alljährliche Schlacht in der Küche: die Plätzchenbackaktion mit drei eigenen Kindern und meistens noch Freunden. In einer Großküche zur Hauptessenszeit kann es nicht schlimmer zugehen. Aber noch sind es ja fünf Wochen!

12 Uhr: Essenfassenszeit! Alles strömt an den heimischen Herd, von Schule oder Kindergarten ...

Tür auf.

„Mama, Mama ... was gibt es zu essen, ich hab Hunger?!"

Wenn man dann nicht antwortet, „Pizza", „Pommes" oder dergleichen (dieses tierisch gesunde Essen halt), werden die Gesichter immer länger.

Doch heute ist es etwas anderes. Unser Mittlerer kommt über das ganze Gesicht grinsend nach Hause, er strahlt richtig.

„Hallo Lukas. Na, wie wars im Kindergarten?"

„Danz dut, Mama ..."

„He, was ist denn mit deinem Mund los ..."

„Mama, Mama, heute kann auch endlich die Zahnfee zu mir kommen, denn der Nico hat mir einen Zahn ausgeschlagen, guck, ganz vorne." (Habe das Genuschel direkt übersetzt)

Am Mittagtisch wird das Weltwunder des Zahnverlustes von allen Geschwistern hinreichend und ausgiebig bestaunt. Da habe ich ja heute Nacht wieder etwas zu tun, wie viel Milchzähne hat man ...?

Mittlerweile ist unser Haus vorweihnachtlich geschmückt, die ersten Plätzchen sind gebacken – gewesen –, der Nachschub ist in Planung, und die ersten Weihnachtsfeiern absolviert. Da heißt es auch noch, oh du besinnliche Adventszeit. Pustekuchen, schon erwartet uns das nächste Highlight. Der Nikolausabend!

Von den Sorgen einer Mutter völlig unbelastet, freuen sich unsere Kinder auf diesen Abend.

Papa streikt. "Dieses Jahr – ich nicht! Vom Kleber für den Rauschebart gibt es Ausschlag und aus der Pubertät bin ich schon raus. Dieses Jahr jemand anderes!"

Also, gelbe Seiten raus, Studentenvermittlung angerufen.

„Nein, dieses Jahr haben wir keine Nikoläuse mehr frei, höchstens ab dem achten", zwitschert mir eine Dame mit starkem sächsischem Dialekt ins Ohr. Was soll ich denn mit einem Nikolaus ab dem achten? Neue Liste raus, wer in unserer Verwandtschaft hat Zeit und passt noch in das Kostüm ... Onkel Klaus. Gesagt getan, klar hat er Zeit und macht das. So alles geregelt, mehrere Nerven auf der Strecke gelassen, doch es ist ja die ruhigste Zeit im Jahr.

Noch vier Tage bis zum Heiligen Abend ...
Nur keinen Stress aufkommen lassen. Eigentlich sind ja alle Geschenke eingekauft und verpackt. Dieses Jahr habe ich auch darauf geachtet, dass die Preisschilder ab sind und alle Geschenke direkt beschriftet wurden. Nicht diese Blamage wie im letzten Jahr, da bekam doch Oma Karin wirklich das Salz für ein Fußbad gegen Schweißfüße. Gedacht war es aber leider für meinen Vater. Was muss auch alles die gleiche Größe haben? Unsere Industrie sollte auch mal an die gestressten Mütter denken und unterschiedliche Größen produzieren.

Doch in diesem Jahr wird es das nicht geben. Bekanntlich lernt man ja aus Fehlern!!

So, der Tannenbaum liegt schon in der Garage, mein holder Gatte kann sich also dranmachen und ihn in den Ständer bugsieren. Ein Hoch auf diesen neumodischen Ständer, wo alles von alleine geht. Baum reingestellt und mit einem Fuß festzurren.

Früher ist mein Mann für mindestens drei Stunden in der Garage verschwunden, bis er den Stamm auf Bleistiftdicke angespitzt und ausgerichtet hatte. Es gab auch Jahre, an denen er mit wehenden Fahnen zum nächsten Händler stürzte, um noch einen der wenigen Bäume zu ergattern, nämlich dann, wenn seine Anspitzversuche ihn mindestens einen Meter Stamm gekostet hatten und ein stattlicher Baum von zwei Meter fünfzig (wir wohnen in einem Altbau) zu einem Liliputaner mutiert war.

Nun ist er da ...
Der Tag vor Heiligabend ...

Das Haus erstrahlt, die liebe Schwiegermutter kann kommen, die Kinder sind noch heil, ich hoffe, auch über die Feiertage ohne einen spontanen Besuch im Krankenhaus auszukommen (toi, toi, toi). Der große Puter taut schon auf, alles ist besorgt, alle Weihnachtsfeiern besucht, jetzt kann das Christkind kommen.

Heiliger Abend.

Meistens sind an Feiertagen oder Geburtstagsfeiern unsere Kinder schon recht früh unterwegs, das heißt, sollte man in der Früh Brötchen beim Bäcker holen, sieht man, wie der Laden aufgeschlossen wird. Damit ist hoffentlich klar was „früh" heißt.

Wir beginnen den Tag immer recht geruhsam, ein schönes Frühstück stärkt für den Rest des Tages, und der kann noch sehr lang sein.

Vor Kinderlogik ist man jedoch nie gerettet.

Johanna, Lukas und meine Wenigkeit saßen also gemütlich am Tisch. Auf einmal eine Frage die mich völlig unvorbereitet traf: "Mama, sag mal, du bist doch der Osterhase?"

„Nun ja", meinte ich nach einiger Überlegung, "könnte schon sein."

Lukas schaute auf. „Und die Zahnfee?"

„Auch das könnte sein", murmelte ich.

„Mama," Johanna gibt keine Ruhe, „bist du auch der Nikolaus?"

Darauf gab ich nur ein lang gezogenes Mmmh von mir.

Völlig entrüstet, mit einer hoffentlich letzten Frage an mich, will Lukas wissen: "Aber doch nicht auch noch das Christkind?"

„Um Gottes willen, was soll ich nicht noch alles sein!"

Meine Kinder waren zufrieden, und der Bescherung am Abend stand nichts mehr im Weg.

So kommt es, das alles die Mama ist, doch das Christkind gibt es für meine Großen immer noch (für unseren Moritz gibt es auch noch den Rest). Möge es auch noch ein paar Jahre lang so bleiben. Es gibt nichts Schöneres als die strahlenden Augen der Kinder am Weihnachtsabend, wenn das Christkind die Geschenke gebracht hat. Und so hat der Abend auch für mich und meinen Mann einen immer wiederkehrenden Zauber.

Daniela Faller
Naheweinkönigin 2002 – 2003

Ein himmlischer Weihnachtswunsch

Traurig saß sie am Fenster, ihr dunkelrotes Lieblingskleid an und dazu die passende Schleife im blond gelockten Haar. In der Hand hielt Amélie einen Teddybären, den ihr Vater von der letzten Geschäftsreise mitbrachte.

12.15 Uhr – eigentlich sollte er vor zwei Stunden schon zu Hause angekommen sein, doch ein Schneechaos verhinderte seinen Rückflug aus Stockholm. Und das ausgerechnet am 24. Dezember.

„Amélie, mach dich fertig, mein lieber Schatz!", rief ihre Mutter aus der Küche. „Pauline möchte doch mit dir zum Weihnachts-Gottesdienst."

Pauline war Französin und lebte bereits seit sechs Monaten als Au-pair in der Familie.

„Und was ist mit dir?" Amélie betrat die Küche. „Kommst du denn nicht mit?"

In Amélies Familie war es üblich, dass sie an Heiligabend gemeinsam in die Kirche gingen.

„Aber natürlich komme ich mit. Du weißt doch, dass das Haus ganz leer sein muss, damit dir das Christkind all die schönen Geschenke bringen kann", lächelte ihre Mutter.

Das Christkind – wie gerne würde sie auf alle Geschenke verzichten, wenn nur ihr Vater bei der Familie sein könnte.

Widerwillig zog Amélie ihre Stiefelchen und den weißen Wintermantel an. Pauline schlang ihr noch den bunten Schal um den Hals, setzte ihr die passende Mütze auf den Kopf und nahm sie bei der Hand.

„Komm Kleines, wir spazieren jetzt gemütlich zur Kirche und schauen uns das Krippenspiel an. Vielleicht singt ja auch der Kinderchor?"
„Ja, bestimmt." Die Stimme der Sechsjährigen klang traurig. „Lasst uns gehen."
Sie blickte ihre Mutter an und streckte ihr die noch freie Hand entgegen.

Draußen war es kalt, Amélie konnte ihren eigenen Atem sehen. Ein paar Schneeflöckchen schwebten in der Luft, setzten sich auf ihre Nase und schmolzen sogleich dahin. Eigentlich liebte sie den Winter, die klare aber kalte Luft und die vielen sternenklaren Nächte. Wenn ihr Vater zu Hause bei der Familie war, gingen sie nach dem Abendbrot noch mal nach draußen und spazierten durch den Ort.

„Wenn Papa heimkommt, ist ein Spaziergang das Erste, was er mit uns unternehmen muss", dachte Amélie bei sich als sie mit ihrer Mutter und Pauline durch die Straßen lief. Es war noch hell, dennoch waren fast alle Häuser beleuchtet. Manche Bewohner schmückten zur Weihnachtszeit nicht nur ihre Fenster, auch die Balkone oder Vorgärten waren von Hunderten kleinen Lämpchen erleuchtet.

„Weißt du, Mami, ich liebe den Winter. Alle Menschen geben sich besonders große Mühe, die grauen Tage mit ein paar Lichtern zu erhellen."

„Da hast du Recht, Amélie. Der Dezember ist dann besonders gemütlich", bestätigte ihre Mutter.

An der Kirche angelangt, war die Luft schon voll mit tanzenden Schneeflöckchen. Am Eingang drehte sich Amélie nochmals um und blickte nach oben. Sie liebte den Schnee, der die weite Reise vom Himmel antrat und die Natur in ein weißes Kleid einhüllte. Aber so richtig konnte Amélie das Schauspiel heute nicht genießen. Eine Träne kullerte die kalten Wangen hinunter. „Bitte ihr lieben Engel, macht, dass doch noch ein Wunder geschieht und Papa an Heiligabend bei uns sein kann", flüsterte sie, ihren Blick noch immer fest in den Himmel gerichtet.

Die Kirche war erfüllt vom Duft des geschmückten Weihnachtsbaumes. Es war gemütlich warm, am Altar brannten viele Kerzen und auch die Holzkrippe mit Maria, Josef und dem kleinen Jesuskind stand am üblichen Platz. Der Weihnachtsbaum war wieder riesengroß, blaue und silberne Kugeln hingen an den Tannenzweigen, Engelfiguren, Schleifchen und kleine Geschenkpäckchen waren liebevoll angebracht. Doch seinen Glanz erhielt der Baum durch die vielen Lichter, die die gesamte Kirche erhellten. Einen Augenblick lang verflog Amélies Traurigkeit und wich diesem seltsamen Weihnachtsgefühl, das sie in jedem Jahr verspürte. Es war dieses festliche Gefühl, dieses Kribbeln im Bauch, eine Mischung aus angespannter Vorfreude und purem Glück.

Ganz vorne, in der dritten Reihe, erblickte Amélie ihre beste Freundin Carola, die mit ihrem kleinen Bruder und den Eltern den Gottesdienst besuchte und ihr lächelnd zuwinkte. Beim Anblick der vollständigen Familie überkam Amélie wieder Traurigkeit und Gewissheit, dass ein ganz wichtiger Teil fehlte, um das „Familienpuzzle" zu vervollständigen.

Carola und Amélie waren wie Schwestern, sie kannten sich schon seit dem Kindergarten und auch ihre Eltern waren miteinander befreundet. Die beiden Mädchen gingen seit dem Sommer gemeinsam in die erste Klasse der Grundschule und auch nachmittags waren sie ein unzertrennliches Paar. Amélie liebte es bei Carola zu sein. Im Gegensatz zu ihrem Vater, einem viel reisenden Geschäftsmann, konnte sich Carolas Vater als Selbstständiger seine Arbeitszeiten besser einteilen. Er nahm sich abends gerne Zeit, um mit den beiden Mädchen etwas zu spielen, zu scherzen oder ihnen einfach eine Geschichte vorzulesen – auf jeden Fall ging es immer heiter zu. Wenn Amélie bei Carola übernachtete, was übrigens sehr häufig vorkam, hörte man die beiden Mädchen noch lange in ihren Bettchen kichern. Aber auch, wenn die Mädchen bei Amélie zu Hause waren, erfüllte ihr fröhliches Kinderlachen das ganze Haus.

„Amélie, komm", hörte sie Pauline flüstern. Erst jetzt fiel ihr auf, dass sie mitten in der Kirche stand, den Blick wie gebannt auf Carola gerichtet und in einen Traum versunken. Pauline schob sie sanft in eine der vorderen Bankreihen, in denen ihre Mutter schon Platz genommen hatte. Das Orgelspiel begann. Es war eine wunderschöne Melodie, die auch den Letzten, der vorher noch mit seinem Banknachbarn leise geredet hatte, zum Schweigen und Zuhören brachte. Die Lichter an der Decke wurden etwas gedimmt, dadurch kamen die Kerzen und der atemberaubende Baum noch deutlicher zur Geltung.

Schon wieder schweifte Amélie in ihre Träumerei ab. Sie erinnerte sich an vergangenes Weihnachten. Abends, nach der Bescherung, kam sie auf die Idee, noch einmal nach draußen zu gehen. Natürlich konnte ihr niemand diesen Wunsch abschlagen und schon bald waren alle für einen kleinen Nachtspaziergang startklar. Was hatten sie einen Spaß, denn anders als erwartet, waren viele Familien auf die gleiche Idee gekommen. So blieb man kurz stehen, wünschte sich gegenseitig ein fröhliches Weihnachtsfest und die Kinder tauschten sich eifrig über ihre neuesten Errungenschaften aus.

„Stille Nacht, Heilige Nacht", begann die Kirchengemeinde in die Melodie der Orgel einzustimmen. Amélie bemerkte, dass sie bereits das Krippenspiel verpasst hatte und vollkommen in ihre Träume versunken war. Schnell stimmte sie leise in den Gesang ein, denn dies war ihr Lieblingslied.

Nach dem Gottesdienst warteten schon ihre Freundin und deren Familie vor der Kirche, um Amélie, ihrer Mama und Pauline ein fröhliches Weihnachtsfest zu wünschen. Amélie versuchte sich damit zu trösten, dass auch sie spätestens in zwei Tagen wieder eine komplette Familie sein würden.

„Dann feiern wir halt ein zweites Mal Weihnachten, wenn Papa zurück ist", dachte sie, als Carolas Eltern sie noch einmal an sich drückten.

Auf dem Rückweg ließen sich die drei jede Menge Zeit. Amélies Mutter versuchte zwar immer wieder, das Schritttempo zu erhöhen, gab aber letztendlich auf und passte sich der Geschwindigkeit der beiden Mädchen an. Der Schnee bedeckte mittlerweile die Straßen und Gehwege, nur wenige Reifenspuren konnte man erkennen.

Amélie bückte sich, formte einen Schneeball und – schwupps – traf sie Pauline mitten auf den Hinterkopf. Sie konnte dem einfach nicht widerstehen.

„Na warte, das bekommst du zurück!", lachte Pauline laut, bückte sich und warf ebenfalls mit Schnee nach Amélie. Sie konnte gerade noch ausweichen, dann kam aber schon der zweite Schneeball angeflogen und erwischte sie am Mantel. Jetzt schaltete sich auch ihre Mutter ein und so liefen die drei mit schallendem Gelächter durch die Gassen, immer einen Schneeball zur eigenen Verteidigung in der Hand.

Schon bald waren sie zu Hause angekommen und während Amélie mit Pauline nicht genug von der Schneeballschlacht bekommen konnten, schloss ihre Mutter die Haustüre auf und verschwand lachend und leicht außer Atem in der gemütlichen Wärme des Hauses.

Erst als Amélie und Pauline nach einigen Minuten ein „Heißer Kakao wartet auf euch!" hörten, konnten sie sich dazu durchringen, das lustige Spektakel zu beenden.

Im Hausflur befreite sich Amélie zuerst von ihrem Mantel und der mittlerweile durchnässten Mütze, zog schnell die Schuhe aus und eilte in die Küche. Das Wohnzimmer war ja seit dem Morgen verschlossen und öffnete sich für die gesamte Familie erst mit dem Erklingen des Weihnachtsglöckchens.

„Mhh, lecker Schokoplätzchen!"

Schon stürzte sich das junge Mädchen auf die süßen Leckereien. Mit vollem Mund gab sie ein „Meine Lieblingssorte!" von sich, man konnte es eher erahnen als verstehen.

„Amélie zuerst die Hände waschen, bevor du ans Essen gehst", ermahnte sie ihre Mutter, konnte sich dabei aber ein Grinsen nicht verkneifen. Immerhin war Weihnachten und ihre kleine Tochter sah wesentlich glücklicher aus als noch vor dem Gottesdienst.

„Komm, lass uns an den Tisch setzen, gemütlich den Kakao schlürfen und von dem Kuchen probieren, den Pauline heute Morgen gebacken hat. Deine Großeltern kommen ja erst in zwei Stunden."

Weihnachten wurde bei Amélies Familie gemeinsam mit den Großeltern gefeiert, denn sowohl die Eltern ihrer Mama, als auch die ihres Papas wohnten nicht weit entfernt. Heiligabend war nie langweilig. Amélie besuchte gewöhnlich mit ihren Eltern schon den frühen Gottesdienst, um 13 Uhr um den ganzen Festtag ausgiebig nutzen zu können. Wenn sie dann nach Hause kamen, spielten sie gemeinsam, tranken Kakao oder Tee und sangen fröhlich Weihnachtslieder. Am Nachmittag kamen die Großeltern, dann gab es das festliche Essen. Und irgendwann konnte man ein Glöckchen erklingen hören – dann war das Christkind da.

Mit einer Tasse heißer Schokolade und einem Stückchen Gewürzkuchen saß Amélie auch in diesem Jahr am Küchentisch und unterhielt sich eifrig mit Pauline und ihrer Mama. Sie fühlte sich sichtlich wohler und versuchte das Beste aus dem für sie verpatzen Weihnachtsfest zu machen.

„Mit dem Auspacken meiner Geschenke warte ich auf jeden Fall bis Papa wieder zu Hause ist", versicherte Amélie, wusste aber selbst nicht, ob sie ihre Neugierde so lange unterdrücken konnte.

Um sie etwas abzulenken, kam Pauline auf eine Idee: „Wollen wir eine Runde Mikado spielen?" Die Französin konnte bereits sehr gut Deutsch, ihren kleinen französischen Akzent hörte man jedoch deutlich.

Mit einem lauten „Jaa!" lief Amélie in ihr Zimmer um das Spiel zu holen. Sie liebte Mikado, denn dank ihrer ruhigen Hand gewann sie sehr oft gegen die Großen. Und so saßen sie zu dritt am Küchentisch, hörten weihnachtliche Lieder und spielten eine Runde nach der anderen.

Nach einer Weile, es war gerade 15 Uhr, läutete es an der Tür.

„Nanu?", blickte Amélies Mutter erstaunt in die Runde. „Deine Großeltern sind aber heute sehr früh dran. Machst du ihnen auf?"

Amélie sprang freudig von ihrem Stuhl auf und lief in Richtung der Haustüre. Sie konnte nicht mehr sehen, dass ihre Mutter verschwörerisch Pauline zuzwinkerte.

Im Flur angekommen, stieß sie einen Freudenschrei aus: "Paapaaaa! Du bist ja doch da!"

Durch den Glasteil in der Tür konnte sie deutlich ihren über alles geliebten Vater erkennen. Hastig rannte sie zur Tür. Auf dem Weg stolperte sie beinahe über ihre Stiefel, die sie vorhin beim Ausziehen achtlos auf dem Boden liegen gelassen hatte. Nichts konnte sie aufhalten. Mit aller Kraft riss sie die Tür auf und sprang ihrem Papa entgegen.

Lange standen die beiden im Türrahmen und hielten sich einfach nur lieb. Irgendwann hob Amélie den Kopf und blickte in den Himmel. „Danke, liebe Engelein, dass ihr mir meinen wichtigsten Wunsch erfüllt habt", flüsterte sie leise und gab ihrem Papa einen dicken Kuss. Wieder lief ihr eine Träne übers Gesicht, dieses Mal aber vor lauter Glück.

„Meine Kleine, wie schön, dass ich wieder bei euch bin. Als ich gestern anrief, sah es wirklich schlecht aus. Aber nachdem ich heute Morgen erfahren habe, dass die Flugzeuge wieder starten können, habe ich den nächstmöglichen Flug gebucht und konnte nur gerade noch deiner Mama Bescheid geben. Ich kann doch an Weihnachten nicht ohne meine Lieben sein."

Amélie strahlte vor Glück, sie konnte es nicht fassen, dass ihr Wunsch, den sie vor der Kirche voller Sehnsucht nach „oben" gesandt hatte, Wirklichkeit wurde. Dass ihre Mutter die gute Nachricht für sich behielt, um Amélie zu überraschen, hatte sie ihr schnell verziehen.

Einem perfekten Weihnachtsfest stand nun wirklich nichts mehr im Wege. Die ganze Familie saß bis spät am Abend im Wohnzimmer vor dem Kamin – sie sangen und lachten, lasen sich Weihnachtsgeschichten vor und überreichten sich ihre Geschenke. Amélie bekam wirklich viele Sachen, die auf ihrem Wunschzettel standen. Sie freute sich sehr darüber, aber an diesem Abend merkte das Mädchen auch, was das wirklich Wichtige an Weihnachten ist: eine Familie, die sich von ganzem Herzen liebt.

Christina Foethke
Früher: Christina Specht
Mittelrheinweinkönigin 2000 – 2001
Stellvertr. Deutsche Weinkönigin 2001 – 2002

Das Weihnachtselixier

Es war Winter. Nebelschwaden zogen vom Fluss herauf und bedeckten die steilen Rebhänge mit einem weißen Mantel. Nachts blitzten Sterne zwischen den schneeschweren Wolken hervor und nur noch vereinzelt raschelte vertrocknetes Laub an den Rieslingstöcken. Im Weinberg war es ruhig geworden. Fast alle der süßen Früchte waren geerntet, die Weine reiften in den Fässern und Mensch und Maschine hatten die Natur für eine Weile sich selbst überlassen.

Rolf Reblaus aber konnte die Tage nicht genießen. Er war besorgt um seine Familie. Die Kleinen froren so sehr, dass ihnen zuerst die Fühler und dann die sechs kleinen Beinchen klamm wurden und sie sich kaum noch bewegen konnten. Der wilde Weinstock am Rande eines Gebüschs, an dessen Wurzeln Familie Reblaus ihr Heim errichtet hatte, hatte alle seine Blätter beim letzten Sturm verloren. Kaum noch Saft floss durch seine Adern, von dem sich die Familie hätte ernähren können.

Zwar erstreckte sich vor ihrer Nase eine riesige Anpflanzung edelster Rieslingstöcke – was hätte er darum gegeben einmal davon zu naschen – doch verdarben ihm die Wurzeln auch noch das letzte bisschen Appetit. Der Saft war bitter und seinen Kindern wurde ganz übel davon. „Reblausresistente Unterlage aus Amerika" – hatte er einmal den Winzer sagen hören, der regelmäßig die steilen Schieferhänge erklomm, um seine Reben zu pflegen. Pfui Teufel – reblausresistent! Man wollte Rolf und seine Familie hier nicht haben. Im nächsten Frühjahr würde er mit seiner Frau Roswitha und den Kindern auswandern müssen. Doch wohin? Einer seiner Nachbarn, der schon im letzten

Jahr sein Bündel geschnürt hatte, hatte ihm erzählt, dass ganz Europa unbewohnbar geworden sei. Er war einer der Letzten seiner Art. Wohin sollte er nur gehen? Er ließ den Blick über das malerische Flusstal schweifen. Sicher, die Umgebung war herrlich und die Luft gut, aber hier gab es einfach keine Zukunft für ihn.

Am Tag vor Weihnachten kam Roswitha mit besorgter Miene zu Rolf. Sie hatte die kleine Lotte auf dem Arm, die schon furchtbar abgemagert aussah. Auch ihr Bruder Karl an ihrer Hand machte nicht den Eindruck, als könne er den harten Winter überstehen.

„Rolf, morgen ist Weihnachten, aber wir haben nichts zu essen. Was sollen wir nur tun? Unsere Wurzel ist schon ganz trocken und die Kinder haben Hunger."

Rolf putzte sich besorgt die Fühler und wollte gerade eine paar zuversichtliche Worte von sich geben, als der Boden zu beben begann.

Rolf, Roswitha, Lotte und Karlchen zuckten zusammen. Sie kannten dieses Geräusch. Immer wenn der Winzer seinen Weinberg besuchte, knirschten die dunklen Schieferplatten rund um ihr Zuhause bedenklich. Manchmal kam ihnen dann eine der großen Maschinen so nahe, dass sie Angst hatten, bei lebendigem Leibe zerquetscht zu werden.

Mutig streckte Rolf seinen Kopf aus dem Erdreich. Er erspähte eine Gruppe Zweibeiner, die immer näher kamen und schließlich dicht vor ihm stehen blieben. So genau hatte er die seltsamen Wesen, die sich Menschen nannten, noch nie betrachten können. Rolf erkannte den Winzer, der die Rieslingstöcke auf dem Nachbargelände pflegte. Er hatte eine Flasche und Gläser dabei und erzählte wundersame Geschichten wie aus dem Saft in seinen Rieslingreben süße Trauben entstünden und man aus dem Saft reiner Trauben dann das herstellen könne, was sich in der verlockend aussehenden Flasche befand. Die kleine Reblaus lauschte genauso gespannt wie die Begleiter des Winzers und beobachtete voller Neugier, wie er mit sogleich einem ohrenbetäubenden „Plopp" die Flasche öffnete und allen etwas von der goldenen Flüssigkeit in die mitgebrachten Gläser schenkte. Die Leute hielten ihre Gläser gegen die violette Abendsonne, die durch die Wolken drang, schnüffelten und schlürften so voller Begeisterung den Saft, dass Rolf vor lauter Gier fast umfiel. Sie stießen Laute der Verzückung aus, leerten Schluck für Schluck genüsslich ihre Gläser und priesen den Winzer für seine Kunst. Rolf Reblaus zitterten die kleinen Beinchen. So stellte er sich ein gelungenes Weihnachtsfest vor!

Und schon begann die gut gelaunte Gruppe sich wieder in Bewegung zu setzen, um den steilen Hang weiter hinabzusteigen. Doch bevor sie aufbrachen, nahm ein jedes der großen Wesen sein Glas und leerte die letzten Tropfen des Inhalts auf den Boden. Genau vor Rolfs Füße. Ihm stockte der Atem.

Fasziniert beobachtete er wie die bernsteinfarbenen Tropfen sich ihren Weg durch den Schieferboden bahnten und schließlich genau über ihrer Wurzel zur Ruhe kamen. Dort liefen sie in einer Vertiefung zusammen und bildeten einen kleinen See. Ein betörender Duft breitete sich aus, der Roswitha und seine halb erfrorenen Kinder mit den Flügeln zucken ließ. So etwas hatten sie noch nie gerochen.

„Was ist das für ein Teufelszeug?" Roswitha wurde ganz nervös. „Rolf – sei vorsichtig!"

Doch Rolf war fest entschlossen. Was bei den Menschen solche Entzückung hervorrief, konnte doch für ihn nicht schädlich sein! Er schob entschlossen seinen Saugrüssel hervor und probierte den honigfarbenen Saft. Seine Frau sah, wie ein wohliges Schaudern durch seinen Körper lief und er vergnügt die Flügel schüttelte. „Das, das ist das reinste Lebenselixier", stieß Rolf erregt hervor. „Dieser Rebensaft ist wahrlich besser als das, was wir Tag für Tag aus unserer Wurzel saugen. Der Winzer muss eine Zauberer sein, um aus den Rieslingstöcken ein solches Wunderwerk hervorzubringen. Ab sofort wollen wir nur noch Rebensaft in dieser Form genießen."

Es wurde ein fröhliches Weihnachtsfest für Familie Reblaus. Sie saugten genüsslich den süßen Wein, schlugen sich die Bäuche voll, schwärmten von alten Zeiten und schmiedeten Pläne, wie sie im nächsten Frühjahr den Traktor des Winzers erklimmen und sich heimlich in dessen Keller einschleichen könnten. Sein Vorrat an Rebensaft würde ausreichen, sie alle durch den Winter zu bringen.

Rolf Reblaus wurde es warm ums Herz, als er seine kleine Familie betrachtete. Er nahm seine Rosi fest in den Arm und gemeinsam träumten sie von einer Zukunft in Saus und Braus, während draußen Schneeflocken vom Himmel tanzten und die untergehende Sonne ihr letztes Licht auf die glitzernden Rebstöcke warf.

Christine Kipping
Loreley 2006 – 2008

**Der Traum von
Opa Karl-Heinz ging in Erfüllung**

Weihnachten ist für mich, Christine Kipping, 19 Jahre, meine ältere Schwester Monika und meinen jüngeren Bruder Florian, schon immer ein besonderes Fest gewesen. Nicht nur wegen der vielen Geschenke (vielleicht aber auch), aber ganz bestimmt, weil wir die Tage rund um Weihnachten und die Festtage ganz intensiv mit der Familie und den Großeltern gemeinsam verbracht haben. Eigentlich nichts Besonderes werden Sie, die Leser, sagen. Doch für mich und meine Geschwister war es schon etwas Besonderes.

Wir haben ein schönes Haus, hoch über dem Rhein in der kleinen Rheingemeinde Kestert. Meine Großeltern, Irene und Karl-Heinz, leben bzw. lebten mit uns in dem schönen großen Haus. Wir sahen uns jeden Tag, erzählten miteinander und freuten uns jeden Tag aufeinander.

Doch Weihnachten war und ist für uns immer etwas ganz Besonderes. Am Vormittag des Heiligen Abends schmückten meine Geschwister und ich gemeinsam mit Oma Irene den Weihnachtsbaum und verteilten unter dem Baum die Päckchen, die alle von Oma Irene liebevoll beschriftet waren. Die Spannung war groß. Was sie sich wohl für uns ausgedacht hatte? Manchmal konnte man an der Größe oder Schwere des Pakets schon erahnen, was da wohl drin war. Doch wir Kinder taten bei Oma Irene so, als wüssten wir es nicht, um ihr nicht die Freude zu nehmen.

Mein Opa Karl-Heinz, als früherer Ortsbürgermeister der Gemeinde Kestert, war lange auch im Vorstand des Verkehrsvereines Loreley-

Burgenstraße. Vom Vorstand wird alle zwei Jahre eine Repräsentantin für die Region der Loreley-Burgenstraße gewählt, die „Loreley". Blond muss sie sein, hübsch und ihre Heimat muss sie lieben. Immer wenn früher eine neue Loreley gewählt wurde, brachte Opa Karl-Heinz stolz die neuen Loreley-Postkarten mit, zeigte sie mir und sagte: „Du, Christine wirst auch einmal Loreley." Und immer wieder bei jeder Neuwahl der Loreley – immerhin gibt es mittlerweile dreizehn Loreleyen – erneuerte er seinen Herzenswunsch, dass auch ich einmal „Loreley" werden sollte.

Eigentlich konnte ich mich mit diesem Gedanken nie so recht anfreunden. Doch spannend war die Frage und Überlegung für mich schon, Loreley zu werden und damit meinem geliebten Opa Karl-Heinz einen Gefallen tun zu können.

Im Sommer des Jahres 2006 las ich in der Zeitung, dass die Touristikgemeinschaft Loreley-Burgenstraße wieder eine Repräsentantin sucht. Und urplötzlich wurde mir klar, dass ich es vielleicht doch einmal wagen sollte, mich als „Loreley" zu bewerben. Nur, konnte ich zu diesem Zeitpunkt nicht mehr mit meinem Opa darüber reden, denn er war zwei Jahre zuvor leider gestorben.

Trotzdem, irgendwie wusste ich, dass ich es jetzt wagen sollte, um vielleicht den Herzenswunsch von Opa Karl-Heinz zu erfüllen. Und tatsächlich, ich wurde „Loreley", gewählt von Zuschauern des Südwestrundfunks in fünf Abendsendungen mit TED-Bewertung und dann im Oktober offiziell auf dem Loreley-Felsen, der für die nächsten zwei Jahre mein Arbeitsplatz werden würde, in mein neues Amt mit wunderschönem Kleid und goldenem Kamm eingeführt.

Ja, und dann kamen wieder die Weihnachtstage. Ich noch ganz berauscht von den vielen Menschen, die mir zu meiner Wahl gratulierten, auch Ministerpräsident Kurt Beck hatte mir persönlich gratuliert. Das war schon was, für eine junge „Göre" aus Kestert. Und dann die vielen Fernseh- und Rundfunkauftritte, die Zeitungsberichte. All das machte mich stolz.

Und Weihnachten war in dem Jahr meiner Wahl anders. Noch schöner als sonst. Wie immer ging ich mit meinen Geschwistern zu Oma Irene, das Bäumchen schmücken und die Geschenke verteilen. Anschließend gab es Kaffee und Kuchen und dann die große Bescherung bei Oma Irene, danach gemeinsam mit meinen Eltern und Geschwistern in die Kirche, mit Konzert der Musikkapelle Kestert, und anschließend einem gemütlichem Abendessen (meistens gibt es bei uns Raclette) mit meinen Geschwistern, unseren Eltern, Claudia und Uwe, und natürlich Oma Irene. Selbstverständlich erfolgte dabei auch die Bescherung durch meine Eltern.

Bei diesen Weihnachten dachte ich ganz besonders an meinen Opa Karl-Heinz und ich sah ihn bildhaft vor mir, wie er sagte: „Auch du sollst einmal Loreley werden".

Ja, Opa, sagte ich, ich bin es geworden. Dein Wunsch ist endlich in Erfüllung gegangen und ich erlebe als Loreley eine wunderschöne Zeit, lerne viele nette Menschen kennen und komme viel herum. Auf all meinen Wegen bist „Du" in Gedanken bei mir.

Julia Klöckner MdB
Naheweinkönigin 1994 – 1995
Deutsche Weinkönigin 1995 – 1996

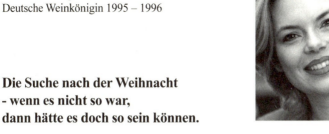

Die Suche nach der Weihnacht
- wenn es nicht so war,
dann hätte es doch so sein können.

Man erzählt sich, dass am Anfang aller Zeit ein Vater und eine Mutter waren, eine Mutter und ein Vater. Sie waren eins und sie sind es immer noch.

Die beiden lebten in einem kleinen Haus, in einem kleinen Dorf und gingen jeden Tag ihrer Arbeit nach. Der Mann ging aufs Feld oder in den Wald, und die Frau versorgte das Haus, den Garten und hütete das Feuer. Es gab auch Tage an denen ging die Frau auf das Feld oder in den Wald, denn manche Früchte gediehen unter ihren Händen besser, so sprachen das Korn und sie über die Schönheit der Welt und einige der Tiere ließen sich von ihr leichter erlegen, denn die Frau hütete das Leben und den Tod.

Wenn sie im Wald war, dann ging der Mann seiner Arbeit im Haus nach, denn manche Dinge waren ihm näher, so ließ sich zum Beispiel das Regenfass lieber von ihm reparieren, denn die beiden hatten sich viel zu erzählen. Das Fass steckte voller Weisheit und sprach gerne mit dem Mann über das Leben, aber auch all die Regentropfen hatten etwas zu berichten, denn sie kamen ja vom Himmel und nach jedem Regen waren neue da, die Neues zu erzählen hatten.

So verbrachten Mann und Frau ihre Tage gemeinsam mit den Dingen, die sie umgaben.

Sie hatten auch Kinder, vier waren es. Mädchen und Jungen, so unterschiedlich, wie das Leben die Menschen macht. Sie wurden alle von Mutter und Vater gleichermaßen geliebt, halfen ihren Eltern im alltäglichen Leben, wo dies möglich war, und diese halfen ihren Kindern bei deren kleinen und großen Sorgen. So lebten die Eltern mit ihren Kindern und die Jahre vergingen in ihrem eigenen Rhythmus.

Eines Tages, wann genau weiß niemand mehr, kam eine alte Frau am Haus vorbei, die Kinder liefen gerade im Garten mit dem Schatten eines Baumes um die Wette. Da trat die Frau zu den Kindern in den Schatten des Baumes und erzählte ihnen, dass sie auf der Suche nach der Weihnacht wäre, denn diese sei von der Welt verschwunden, und niemand wisse, warum dies geschehen oder wohin sie gegangen sei.

Nun hatte sie einige Zeit mit den Kindern gesprochen, da traten Mutter und Vater hinzu und auch sie hörten sich die Geschichte der alten Frau an. Als sie geendet hatte, besprachen sie sich und sagten dann zu ihren Kindern: „Geht ihr hinein in die Welt und sucht die Weihnacht. Aber jede und jeder von euch muss in eine andere Richtung gehen. Denn nur dann soll eure Suche erfolgreich sein."

Da fragten die Kinder: „Aber, was oder wer ist die Weihnacht?"

Die alte Frau antwortete: „Die Menschen draußen in der Welt scheinen es vergessen zu haben und auch ich kann mich nur schwer erinnern."

„Dies ist der Grund, warum wir euch hinein in die Welt schicken", sprach da die Mutter. "Denn wer außer euch könnte die Weihnacht finden?"

Am darauffolgenden Tag verabschiedeten sich die Kinder von ihren Eltern und der alten Frau und zogen in die Welt, jedes in eine andere Richtung.

Das erste zog in den Norden hinauf in die Berge, so hoch hinauf, dass es bald nur noch Steine gab und keine Menschenseele mehr zu sehen war. Von der Weihnacht sah das Kind dort nichts. Am dritten Tag setzte es sich auf einen Felsen, blickte sich um und bewunderte die Vielfalt der Steine und die Unterschiedlichkeit der Gipfel. Keiner schien so zu sein wie der andere, jeder war anders und somit ganz eigen. So saß es viele Stunden, und als der neunte Tag anbrach, da sprach der Wind zu ihm und er sagte mit menschlicher Stimme: „Lange bin ich um dich, ströme ein und aus. Wie gefällt dir mein Reich?"

Da antwortete das Kind: „Dein Reich gefällt mir gut. Alles ist unterschiedlich und doch hängt es zusammen. Der eine Gipfel stützt den anderen, und alle reihen sich nebeneinander, wie die Glieder einer Kette, die du um deinen Hals trägst."

Der Wind meinte: „Ja, so machen sie es schon seit Jahrtausenden. Keiner von ihnen ist wie der andere, jeder ist anders und doch stehen sie nebeneinander und stützen sich. Höre nun mein Lied und nur für dich will ich heute singen."

Und das Kind lauschte dem Lied des Windes und spürte seinen Atem auf seiner Haut und in seinem Inneren.

Das zweite Kind zog in den Westen, soweit, bis es an den Rand eines tiefen Waldes kam. Hoch ragten die Stämme der Bäume in den Himmel und ganz oben bildeten die Blätter ein Dach, das gerade genug Licht und Regen auf die Erde fallen ließ und Schutz bot.

„Werde ich hier die Weihnacht finden?", fragte es sich und ging in den Wald hinein. Am dritten Tag, als das Kind tief im Wald war, setzte es sich unter einen großen Baum, lehnte sich mit seinem Rücken an dessen Stamm und blickte hinauf in die Blätterkrone. So saß es, bis am neunten Tag die Erde mit menschlicher Stimme zu ihm sprach: „Lange trage ich dich schon. Wie gefällt dir mein Reich?"

Da antwortete das Kind: „Dein Reich gefällt mir gut. Die Bäume stehen hier miteinander und bieten allen Pflanzen, die auf der Erde wachsen, Schutz durch ihren Schatten, dass diese wachsen können."

Da meinte die Erde: „Ja, so machen sie es schon seit Jahrtausenden. Die Großen schützen die Kleinen, sodass diese ihrer Bestimmung entgegen wachsen können. Sieh dich nur um, denn auch du bist ein Teil dieser Bestimmung."

Und das Kind blickte sich um und sah die Pflanzen um sich herum wachsen, nährte sich an ihnen und nahm so einen Teil der Erde in sich auf.

Das dritte Kind zog in den Osten und kam am dritten Tag an ein großes Meer. Endlos schien es an den Horizont zu reichen, und die Wellen bewegten sich unaufhörlich auf und ab. Alles schien im endlosen Fluss.

„Kann ich hier wohl die Weinacht finden?", fragte sich das Kind.

Am dritten Tag legte es sich auf die Wellen, ließ sich von ihnen weit hinaustragen, und am neunten Tag sprach das Wasser und das Kind verstand jedes Wort: „Lange tanze ich nun mit dir. Wie gefällt dir mein Reich?"

Da antwortete das Kind: „Dein Reich gefällt mir gut. Die Wellen sind ständig in Bewegung und verändern sich, sind mal still und dann wieder laut, mal zornig, dann wieder zärtlich, und doch kommen sie aus dem einen großen Ozean."

Da meinte das Wasser: „Ja, so machen sie es schon seit Jahrtausenden. Die Wilden und die Sanften, sie tanzen miteinander einen immer andauernden Tanz, und doch treiben sie in einem Fluss und die Wilden werden sanft, und die Sanften werden wild. Spüre nur in dich, und du wirst das Gleiche in dir entdecken können, denn ich tanze auch in dir."

Und da spürte das Kind in sich das Wasser, und es spürte, wie es floss und sich in jedem Moment bewegte.

Das vierte Kind wanderte in den Süden und kam in eine große Wüste, und es dachte bei sich: „Ob die Eltern meinten, dass die Weihnacht hier zu finden sei?"

Die Sonne schien hell, und der Sand war weich unter seinen Füßen. Da zog es hinein in diese Wüste, und am dritten Tag setzte es sich auf einen Berg aus Sand und genoss das Feuer der Sonne auf den weiten Sanddünen. Am neunten Tag sprachen die Strahlen der Sonne und ihre Stimme war menschlich: „Lange strahlen wir auf dich. Wie gefällt dir unser Reich?"

Da antwortete das Kind: „Euer Reich gefällt mir gut. Hier gibt es so viele kleine Sandkörner, die gemeinsam die schönsten Bilder malen und doch von einem Bild zum anderen ziehen, welches ihr mit eurem Licht erhellt und in eurer Wärme badet."

Da meinten die Strahlen der Sonne: „Ja, so machen sie es schon seit Jahrtausenden. Sie geben und nehmen, ohne das eine große Bild zu verändern. Gleiches geschieht in dir, fühle nur, wie unsere Kraft, die Kraft des Feuers dich immer wieder verändert und dir neue Inspiration gibt."

Und das Kind nahm in sich die Kraft der Sonne wahr und wie ihre Wärme sein Herz durchströmte.

Als der zehnte Tag anbrach, verabschiedeten sich die Kinder von ihren Begleitern und machten sich auf den Weg nach Hause. Das eine trug das Lied des Windes in seinem Herzen, das andere die Nahrung der Erde, das dritte das Fließen des Wassers und das vierte die Energie der Sonne. Aber die Weihnacht, so dachten sie alle, hatten sie nicht gefunden.

Zu Hause bei ihren Eltern trafen sie sich alle wieder. Die Kinder waren traurig die Weihnacht nicht gefunden zu haben. Die Eltern aber wollten wissen, was sie erlebt hatten und so berichteten die Kinder von ihren Begegnungen mit Wind, Erde, Wasser und Sonne und von dem, was sie dort erfahren hatten.

Da sprachen die Eltern: „Gut habt ihr daran getan zuzuhören und dies mit euch zu nehmen, denn das genau kann auch die Weihnacht sein. Zu sehen, dass jeder einzeln ist und unterschiedlich und doch neben dem andern steht, um diesen zu stützen. Zu wissen, dass da jemand ist, der mir Schutz gibt und mich wachsen lässt, und beide sind wir Nahrung für den anderen. Den ewigen Tanz zu tanzen, sich zu verändern, immer wieder neu und anders zu werden und doch Teil des großen Ozeans zu sein. Und einander zu geben und voneinander zu nehmen, ohne Zweifel, ob wir dabei das Gleichgewicht des Ganzen verändern. All das tragen wir seit langer Zeit in uns, von Zeit zu Zeit geht es allerdings verloren und dann können nur die Kinder mit ihren offenen Herzen und der darin wohnenden Liebe es wieder finden."

Da freuten sich die Kinder, denn sie hatten jeder einen Teil der Weihnacht gefunden und sie nun zusammengetragen.

Auch die alte Frau war noch im Haus und sprach: „Es soll eure Aufgabe sein, zu den Menschen zu gehen und alles das mit ihnen zu teilen, was ihr mit uns geteilt habt. Schenkt ihnen die Gaben von Wind, Erde, Wasser und Sonne. Erzählt ihnen eure Geschichten und die eurer Geschwister, so soll die Liebe und das Licht der Weihnacht wieder zu den Menschen kommen."

Und so zogen die Kinder in die Welt und brachten ein jedes auf seine Art und zu seiner Zeit den Menschen die Weihnacht zurück.

Karina Krauß
Naheweinkönigin Karina II. 2005 – 2006

Es gibt doch noch ein Weihnachten
oder
Gibt es doch noch ein Weihnachten?

Dies ist die Geschichte von Konstantin. Konstantin ist acht Jahre alt und lebt mit seinen Eltern in einem kleinen, gemütlichen Häuschen am Rande einer Stadt. Er liebt Bücher. Bücher über die Ozeane der Welt. Über wilde Tiere im Amazonasgebiet in Südamerika und über unentdeckte Wesen in den Tiefen der sieben Weltmeere. Später möchte Konstantin Forscher und Entdecker werden. So wie Jacques Cousteau.

Aber auch sonst liebt Konstantin die Natur: Eine verirrte Fliege am Essenstisch beispielsweise empfängt er freudig und füttert sie – damit er sie besser beobachten kann – sehr zum Leidwesen seiner Eltern.

„Von wem er das nur hat?", seufzt seine Mutter. „Normal ist so etwas jedenfalls nicht!"

Aber was ist schon normal? Ist es normal, dass eine dicke Hummel fliegen kann, obwohl sie viel zu kleine Flügel hat? Von solchen gelegentlichen Störungen lässt sich Konstantin nicht beeindrucken und stellt weiter seine Forschungen an.

Konstantins Eltern sind leider nicht die Einzigen, die sein Verhalten nicht verstehen können. Auch auf dem Schulhof schauen die anderen verwundert, wenn er ganz selbstvergessen neben einer Straße von Ameisen sitzt und sie mit Käsestückchen füttert. Er ist eben anders als die anderen.

Eigentlich hat sich Konstantin damit abgefunden. Aber nun – nun steht Weihnachten vor der Tür. Das Fest der Liebe! Schnee liegt auf Straßen und Bürgersteigen, alle bereiten sich auf das große Fest vor.

Frisch gebackene Plätzchen verströmen ihren Duft in allen Räumen, das ganze Haus wird von oben bis unten geputzt und letzte Einkäufe werden hastig getätigt. Jeder ist aufgeregt und freut sich auf das große Fest. Jeder – nur nicht Konstantin. Denn er hat eine persönliche Abneigung gegen Weihnachten.

„Pah! Das Fest der Liebe ... Das ich nicht lache. Ich will keine Geschenke. Was ich will, das ist ein Freund!"

Konstantin hat das Gefühl, dass ihn niemand wirklich versteht und das macht ihm seit geraumer Zeit ganz schön zu schaffen. So sehr, dass er das nicht mehr einfach so hinnehmen will und einen Beschluss fasst: „Ohne Freund kein Fest! Basta! Die können auch ohne mich feiern."

Ein kurzer Brief an Mama und Papa ist schnell geschrieben – damit sie sich keine Sorgen machen. „Nach Weihnachten komme ich ja wieder zurück."

Mit seiner alten Laterne von St. Martin, ein paar Keksen, seinem Lieblingsbuch und einer kuschlig warmen Decke im Gepäck nimmt er Reißaus.

Am anderen Ende der Stadt lebt Philipp. Dies ist auch die Geschichte von Philipp. Seit einigen Monaten wohnt er hier mit seinen Eltern im zehnten Stock eines Hochhauses. Eigentlich stammt er aus einem kleinen Dorf auf dem Lande. Aber nachdem sein Vater dort keine Arbeit mehr gefunden hat, mussten sie mit der gesamten Familie in die Stadt umziehen.

Seine beiden großen Brüder finden diesen Wink des Schicksals „ziemlich cool". Man kann mit Kumpels um die Häuser ziehen und es ist immer was los. Aber das interessiert Philipp nicht. Er hat Sehnsucht nach zu Hause. Und in so einer großen Stadt kann er sich nie zu Hause fühlen. Das weiß Philipp ganz genau. Wo sind die Wälder und Wiesen? Keine Seen zum Angeln. Keine Flüsschen, an denen man Dämme bauen kann, selbst gebastelte Wasserräder kann man an den Brunnen der Stadt auch nicht aufstellen. Aber das Schlimmste für Philipp ist, dass Felix nicht da ist. Felix ist der kleine Mischlingshund vom Nachbarhof. Er war Philipps ständiger Begleiter auf seinen Expeditionen.

Auch in Philipps Familie laufen die Weihnachtsvorbereitungen auf Hochtouren. Aber genau wie Konstantin kann sich Philipp nicht so richtig auf dieses Weihnachten freuen. „Nicht mit meinen doofen Brüdern und nicht an so einem blöden Ort. Der Pfarrer in der Kirche hier kennt mich auch nicht. Was soll ich hier?"

Philipp hat noch keine Freunde hier in der Stadt und das macht die Sache für ihn nicht leichter. Nach kurzem Überlegen fasst auch er einen Beschluss: „Ich gehe einfach zurück nach Hause!" Bei dem Gedanken an Felix wird ihm ganz warm ums Herz. „Der freut sich bestimmt auch, mich endlich wiederzusehen."

Die Wanderkarte im Wohnzimmerregal ist schnell gefunden, eine Pudelmütze ist auch parat. Nur bei der Thermoskanne mit Tee wird es etwas knifflig: Mama ist in der Küche – aber auch die muss ja irgendwann einmal ins Bad.

Konstantin ist nun schon seit einer ganzen Weile unterwegs. Langsam wird es dunkel.

„Zum Glück habe ich an meine Laterne gedacht", freut er sich. Quietschvergnügt zieht Konstantin durch die Straßen der Stadt. Ein genaues Ziel hat er nicht. Konstantin will einfach so lange laufen, bis er ein schönes Plätzchen findet. Dort will er in Ruhe abwarten bis Weihnachten wieder vorbei ist. Einige Menschen schauen verwundert, als sie den kleinen Jungen an Heiligabend alleine sehen. Glücklicherweise sind sie so mit sich selbst beschäftigt, dass sie ihn nicht weiter beachten und ganz schnell vergessen. So läuft und läuft Konstantin. Es schneit ein wenig und er beobachtet die Schneeflocken, wie sie ganz sachte auf den Boden gleiten. Nach einer Weile erreicht Konstantin den großen Stadtpark. Hier ist keine Menschenseele zu sehen. Aber das macht Konstantin nichts. Schließlich will er sein ganz persönliches Weihnachten möglichst in Ruhe verbringen. Mit seiner Laterne und der Decke kann ihm nichts auf der Welt etwas anhaben.

Im Park entdeckt er einen riesigen, wunderschönen Baum. Der Stamm des Baumes ist so dick, dass Konstantin mehr als zehn Schritte braucht, bis er einmal um den Baum herumgelaufen ist. Aber das ist noch nicht alles: Die Wurzeln sehen aus, als ob ein Riese den Baum aus der Erde gehoben hätte und der einen halben Meter über der Erde schwebend wieder festgewachsen wäre. Sie sind dick und breit, ineinander verschlungen, bis sie an irgendeiner Stelle doch den Weg in die Erde finden. Er sieht sich alles ganz genau an und beschließt, erst einmal hier zu bleiben. An einer Stelle bilden die Wurzeln eine kleine Mulde, die gerade groß genug ist, dass sich Konstantin gemütlich hineinkuscheln kann. Im Schutz des Baumes, mit seiner Decke überm Kopf und seinem Buch in der Hand liegt er so da und genießt die Einsamkeit.

Auch Philipp ist nun schon seit einiger Zeit unterwegs. Nachdem er erst einmal außer Sichtweise des Häuserblocks ist, setzt er sich auf eine Bank und schaut in die Karte.

„Wo bin ich eigentlich und wo muss ich hin?" Lesen kann er eigentlich ganz gut. Aber er fragt sich gerade, wie es sein Vater schafft, mit so einem Ding immer den richtigen Weg zu finden. Die Stadt ist so groß und auf der Karte ist alles sooo klein. Sein Dorf ist schnell gefunden, die Stadt ist auch auf der Karte. Aber an welcher Stelle dieses riesigen Knubbels von Stadt er jetzt ist – das weiß er beim besten Willen nicht.

Zu Hause war das einfacher. Da wusste er immer, wo er gerade ist. Da passiert einem so etwas nicht. Er beschließt, erst einmal bis zum Stadtrand zu laufen. Ab dort ist es bestimmt einfacher, sich zurechtzufinden. Was Philipp jedoch nicht weiß: Er läuft in die falsche Richtung. Bei so einer großen Stadt ist das gar nicht gut, denn er müsste Stunden laufen, um zum anderen Ende der Stadt zu gelangen.

Nach einer Weile merkt auch Philipp, dass sein Plan nicht aufgeht. Er läuft und läuft, aber die Stadt nimmt einfach kein Ende. Er hat sich verirrt. Den Weg zurück zu seinen Eltern findet er bestimmt auch nicht mehr. Und da will er ja eigentlich auch gar nicht hin.

„So ein Mist!", flucht er. Aber es hilft alles nichts. Da muss er jetzt durch. Er beschließt, einfach weiterzulaufen. Die Straßen verändern sich, links und rechts stehen alte, prunkvolle Häuser und Bäume. Bäume! „Hier muss der Stadtrand sein", denkt Philipp bei sich und läuft geradewegs in den Park hinein. „Irgendwie ist die Natur hier anders als zu Hause. Das sieht alles viel aufgeräumter aus."

Die letzten Straßenlaternen liegen schon weit hinter ihm und es wird immer dunkler. Langsam wird es Philipp etwas mulmig zumute in dem verlassenen Park. Enttäuscht läuft er weiter. Nach einer Weile sieht er in der Ferne ein Licht. „Da wohnt bestimmt jemand und der kann mir sagen, wo ich hin muss."

Vorsichtig kommt er näher und stellt verwundert fest, dass das Licht nicht von einem Haus, sondern nur von einer kleinen Laterne kommt. „Ganz schön seltsam", findet Philipp: „Wer ist denn an Weihnachten hier im Park?"

Es ist Konstantin, der so vertieft in sein Buch ist, dass er Philipp zunächst gar nicht bemerkt.

„Wer bist denn du und was machst du hier?", fragt Philipp.

Konstantin schaut sich verwundert um. „Wo kommt denn der so plötzlich her?", denkt er bei sich. Aber dann antwortet er ganz kess: „Ich bin Konstantin und ich lese in meinem Buch. Das siehst du doch!"

„Und warum bist du hier?", will Philipp wissen. „Es ist doch schließlich Weihnachten."

„Dasselbe kann ich dich auch fragen. Hast du ein bisschen Zeit? Dann erzähle ich alles."

Philipp ist neugierig und hat eigentlich auch gar keine Lust mehr, weiterzulaufen. „Wenn ich unter deine Decke darf, dann bleibe ich bei dir."

Und so erzählt Konstantin seine Geschichte – gemeinsam eingewickelt in die Decke bei Pfefferminztee und Keksen.

Philipp fühlt sich bei Konstantin sehr wohl. „Das ist ja fast wie bei mir zu Hause", denkt er als Konstantin erzählt. Er fühlt sich sogar so wohl, dass er fast vergisst, wohin er wollte.

„Willst du mein Freund sein?", fragt Konstantin plötzlich. Auch er mag Philipp. Und mit einem Freund gibts für ihn vielleicht doch noch ein Weihnachten.

Philipp freut sich über das unverhoffte Angebot. Nun erzählt er Konstantin von seinem zu Hause, von Felix und seinen Abenteuern mit ihm. Doch der Gedanke an zu Hause fühlt sich plötzlich ganz anders an. Seine Sehnsucht ist nicht mehr so groß wie die ganze Zeit. Denn Konstantin ist ja jetzt da.

So gibt es doch noch ein Weihnachten. Für Konstantin. Und für Philipp natürlich auch!

Andrea Kron
Mittelrheinweinkönigin 2002 – 2003

Die Weihnachtslist der Kellergeister

Der Anblick unseres kleinen Städtchens verlieh ein Gefühl von Harmonie und Friedfertigkeit. Umgeben vom glänzenden Rhein einerseits und den steilen Weinbergen andererseits standen die kleinen windschiefen Häuschen der Handwerker und die größeren stattlichen Fachwerkhäuser der wohlhabenden Bürger und Ratsherren. Sie waren mit dem ersten Schnee des Winters bedeckt und vereinzelt quoll aus ihren Schornsteinen Rauch.

Etwas oberhalb des Ortes gelegen thronte die mächtige und bisher nie eingenommene Burg des Grafen. Das Schicksal der Stadt und jenes der Grafenfamilie waren aufs engste miteinander verbunden, was auch in diesem kalten Winter deutlich wurde.

Die Ernte der Landwirte auf den Höhen war zum dritten Mal in Folge sehr schlecht ausgefallen. Große Hitze und eine bisher noch nie dagewesen Plage an Ungeziefer hatten die Felder der Bauern befallen. Zum Glück der Winzer schienen die kleinen Biester ihre Trauben nicht zu mögen, sodass wenigstens sie gute Ergebnisse bei der Traubenlese erzielten. Doch was nutzte ihnen dies, wenn sie alle anderen Speisen und Getränke teuer, sehr teuer bezahlen mussten. Aufgrund des kalten Winters hatten die Stadtbewohner außerdem das Bedürfnis, genügend Lebensmittel einzulagern, weshalb die Nachfrage nach den ohnehin sehr knappen Gütern weiter anstieg. So konnte es passieren, dass man für zwei Säcke Getreide ein Fass Wein abgeben musste. In durchschnittlichen Jahren hatte man neben den zwei Säcken Getreide auch noch zwei Säcke Rüben und ein halbes Schwein bekommen.

Den bisweilen etwas launischen Grafen Adalbert kümmerte die Lage der Dorfbewohner wenig. Seine geliebte Gemahlin, die junge Gräfin Kunigunde, war zum ersten Mal guter Hoffnung, weshalb er sie mit den besten Speisen und Getränken, die er auftreiben konnte, verwöhnte. Damit dies jedoch möglich war, hatte er, im Gegensatz zu den anderen mageren Jahren, dem Drängen der Bürger nicht nachgegeben, aufgrund der schlechten Ernten die Abgaben zu senken. Auf diese Weise verschlechterte sich die Lage der Stadtbewohner weiter und hinter der friedfertigen Kulisse des Städtchens brodelte es gewaltig.

Das Weihnachtsfest rückte näher und die Säckel der Bewohner wurden immer leerer. Da der Graf nicht zu einem Einlenken zu bewegen war, überlegte man sich zahlreiche Maßnahmen, um die ohnehin knappen Mittel beisammenzuhalten.

Man sparte an Kerzen und Öl und teilte mit mehreren Leuten dasselbe Bett, um sich nachts gegenseitig zu wärmen. Statt kräftiger Brühen, wie es sie sonst im Winter gab, brodelten in den Kesseln der Küchen dünne Süppchen, die mehr an Wasser als an eine sättigende Mahlzeit erinnerten. Da der Rebensaft wegen der teuren Tauschgeschäfte knapp geworden war, gab es auch wenig heißen Wein, der von Innen hätte wärmen können. Alles, was man an guten Dingen erstehen konnte, sparte man für das eigene Weihnachtsfest, denn schließlich wollte man auch in diesem Jahr einen gemütlichen Abend im Kreise der Familie verbringen und die Kinderaugen glänzen sehen. Aus Not strichen die Winzer auch die ansonsten üblichen Weihnachtsgaben an ihre Kellergeister. Lange hatte man in der Winzerschaft diesen Beschluss hinausgezögert, sich aber dazu durchgerungen, nachdem keine Verbesserung der Lage in Sicht war.

Dies war den Kellergeistern zu Ohren gekommen, weshalb sie eine Versammlung einberiefen. Das ganze Jahr über hatten sie im Keller hart gearbeitet und ihren Winzern beigestanden, wie sie es schon seit Jahrhunderten taten. Als gute Kellergeister halfen sie ihrem Winzer stets zuverlässig. Sie sorgten für die Sauberkeit im Keller und in den Fässern. Darüber hinaus wachten sie über die guten Tropfen, denn nicht selten kam ein angetrunkener Schelm auf die Idee, sich einfach an den Fässern der Winzer kostenlos zu bedienen. Dann stellten sie ihm entweder Fallen oder sorgten dafür, dass in dessen Krug nicht Wein, sondern ein Teil des Küchenabwassers war. Und wenn einmal ein Fass noch nicht ganz leer war und es schon für den neuen Jahrgang benötigt wurde, halfen sie aufopferungsvoll auch bei der Tilgung des guten Rebensaftes. Wie für gute Geister üblich, taten sie dies meist im Verborgenen, nur wenn es dringend wurde, zeigten sie sich ihren Herren. Dies war etwa dann der Fall, wenn sie im Keller Beobachtungen machten, die dem Winzer verborgen blieben.

Für diese treuen Dienste durften sie im Keller des Winzers leben. Da sie sehr genügsam waren, reichte es ihnen aus, wenn man ihnen die Reste aus der Küche hinstellte. Worauf sie jedoch seit Jahrhunderten bestanden, war die Weihnachtsgabe der Winzer, die kleine warme Deckchen, Kerzen und die Leibspeise der Kellergeister, Kartoffelsuppe mit Speck, beinhaltete. Doch in diesem Jahr fragten sie sich, was der Lohn für ihre Mühen sein würde? Die Gaben aus der Küche waren sehr knapp, womit sie sich abfinden konnten, da auch ihre Herren sparsam lebten. Über das Kürzen ihrer Weihnachtsgabe ärgerten sie sich jedoch gewaltig. Dagegen musste etwas unternommen werden. Aber was?

Die in einer Gewerkschaft organisierten Kellergeister schlugen sofort vor, in den Streik zu treten. Zunächst fand dieser Vorschlag die Zustimmung einer Mehrheit der versammelten Kellergeister. Doch dann meldete sich einer der Ältesten zu Wort und wies darauf hin, dass sie doch im Winter ohnehin kaum Arbeit hätten, sodass sie diese auch nicht niederlegen könnten. Da hatte er Recht und ein neuer Plan musste her. Da so schnell keine Lösung gefunden wurde, vertagte man die Versammlung trotz des großen Zeitdrucks um zwei Tage auf den 16. Dezember.

Für diesen Tag hatten die jüngeren Kellergeister gemeinsam einen Antrag eingereicht. Sie schlugen vor, den Winzern kleine Streiche zu spielen. So könne man dem Winzer immer die Kerze ausblasen, wenn er in den Keller ging, sodass er gar nicht mehr im Keller arbeiten könne. Außerdem sei es möglich die Öffnungen der Fässer leicht zu lösen, damit ständig etwas Wein heraustropfe. Die Ausführungen der Jungkellergeister belustigten die Versammlung und so manch einer stellte sich seinen Winzer vor, wie er im Dunkeln tappend durch seinen Keller irrte. Dieses Mal äußerte ein anderer Kellergeist seine Bedenken. Zwar erscheine es auf den ersten Blick als sehr unterhaltsam, man laufe jedoch Gefahr, es sich mit der Winzerschaft für immer zu verderben. Das Erfolgsgeheimnis des guten Weines liege jedoch in der hervorragenden Zusammenarbeit von Kellergeistern und Winzern und dies habe den Wein weit über die Grenzen des Städtchens bekannt gemacht. Wenn zwischen ihnen Zwietracht herrsche, könne sie dies langfristig in Schwierigkeiten bringen. Der Kellergeist war ein angesehener und erfahrener Mann, weshalb man seine Meinung hoch einschätzte. Man befand seine Einwände als berechtigt und stand wieder ohne Plan da. Das Weihnachtsfest rückte näher und näher und der Druck wurde immer größer, wollte man Weihnachten wie üblich feiern.

Am 18. Dezember traf man sich erneut. Aus den Burgmauern drang das Gerücht, dass die Geburt des Grafenkindes kurz bevorstünde. Die Bewohner des Städtchens freuten sich zwar einerseits auf das neue Erdenkind, andererseits hatten sie Angst, bei der Geburt könne etwas schief gehen und der Burgherr könne seine ganze Wut an den Bewohnern auslassen. Wäre Letzteres eingetreten, hätte auch ein noch so guter Plan der Kellergeister keinen Erfolg gehabt.

Doch lag ein guter Winkelzug noch in weiter Ferne, auch wenn an diesem Tag zwei weitere Vorschläge diskutiert wurden. Die Frauengruppe stand zuerst auf und verkündete ihren Plan: Man könne versuchen mit den Frauen der Winzer zu sprechen. Sie hätten bestimmt viel mehr Herz und Mitleid als ihre kaltschnäuzigen Männer, die immer nur auf ihren Vorteil bedacht seien. Ein Gespräch von Frau zu Frau könne gewiss Wunder wirken. Viel mehr als alle List oder sogar Prügeleien.

Schon während des Vortrags der Vorsitzenden der Gemeinschaft der Kellergeisterfrauen ging ein Raunen durch den Saal und die Männer verdrehten genervt die Augen: „Typisch Frau", hörte man es an allen Ecken zischen. Das erzürnte die Kellergeisterfrauen. „Nur weil ihr Männer seid, denkt ihr, ihr wäret schlauer als wir. Doch was wäret ihr ohne uns?", keiften sie zurück. Schon wieder diese Diskussion. Seitdem eine neue Bewegung sich vor einigen Jahren wie ein Rheinhochwasser ausgebreitet hatte, glaubten die Frauen in alles ihre Nase stecken zu müssen. Zugegeben, oft hatten sie gute Vorschläge, manchmal jedoch wünschten sich einige Männer sie hinter den Herd zurück. Die Schlacht der Geschlechter tobte erneut und drohte den familiären Frieden in der Weihnachtszeit zu zerstören, als von draußen großer Jubel in den Saal drang.

Neugierig öffneten sie eine kleine Luke und sahen, dass die Dorfbewohner vor Freude tanzend ihre Häuser verlassen hatten und auf die Straßen kamen.

„Ein Junge" hörte man sie ausrufen, „ein kräftiger, gesunder Junge."

Diese Botschaft konnte nur bedeuten, dass die Burgherrin ihr Kind zur Welt gebracht hatte und Mutter und Sohn wohlauf waren. Ein kleiner Funke Hoffnung machte sich unter den Kellergeistern breit und auch die zuvor noch miteinander keifenden Eheleute lagen sich nun in den Armen. Jetzt wurde vielleicht doch noch alles gut.

Noch während sie sich über die Geburt freuten, änderte sich die Stimmung auf der Straße. Plötzlich eilten die Städter in Richtung des großen Platzes an der Dorfkirche. Was mochte das bedeuten, fragten sich die Kellergeister. Schnell wählten sie zwei Beobachter aus, die den Bürgern folgten und zum Marktplatz gingen.

Vor lauter Stimmengewirr konnten sie nicht verstehen, worum es ging und sehen konnten sie erst recht nichts, mussten sie sich doch verstecken, um nicht von den Bürgern entdeckt oder sogar zertreten zu werden. Dann auf einmal breitete sich der Klang einer Fanfare über dem Geschwätz der Städter aus. Stille trat ein, denn alle vermuteten nun die Mitteilung des Burgherren. Zunächst wurde der Graf durch seinen Zeremonienmeister angekündigt, dann sprach er von seinem hohen Ross herunter.

„Meine lieben Untertanen, wie ihr sicherlich schon gehört habt, ist mir und meiner Frau Kunigunde heute ein gesunder Junge geboren. Wir werden ihn Kunibert taufen."

Erneut brach Jubel unter den Bewohnern aus. Im Chor riefen sie: „Unser Graf Adalbert lebe hoch. Unsere Gräfin Kunigunde lebe hoch. Kunibert lebe hoch."

Adalbert ergriff erneut das Wort: „Allerdings kann ich die Abgaben an euch nicht senken. Wir haben nun auch noch unseren Jungen zu versorgen und auch mein Weib muss zu Kräften kommen. Dies betrifft selbstverständlich auch die Winzer, da wir den Wein zum Handeln benötigen. Alle Winzer haben jedoch die Möglichkeit, uns ihren besten Wein zu präsentieren. Aus diesen Weinen werden wir den schmackhaftesten aussuchen und ihn zu Kuniberts Taufwein machen. Der Winzer, dessen Wein wir aussuchen, wird auf Lebenszeit keine Abgaben mehr leisten müssen und für die zu liefernden Fässer großzügig entlohnt. Morgen Mittag schicke ich meine Gehilfen vorbei und lasse sie jeweils zwei Krüge Wein abholen. Übermorgen Mittag werde ich meine Entscheidung verkünden."

Dies versetzte Kellergeister und Winzer in helle Aufregung. Sie waren enttäuscht, dass der Graf keine besseren Nachrichten verkündete, und dennoch erfreut über die Aussicht auf die reichen Gaben.

Die Kellergeister eilten zu ihrer Zusammenkunft zurück und berichteten den Anwesenden, was sie vernommen hatten. Im Gegensatz zu der Diskussion über das Vorgehen gegenüber den Winzern, hatte man nun schnell einen Beschluss gefasst. Damit der ausgeheckte Plan jedoch umgesetzt werden konnte, musste man sich beeilen, denn schließlich galt es, die Winzer davon zu überzeugen.

Auch die Winzer ihrerseits hatten eiligst eine Versammlung einberufen und verhandelten über ihr weiteres Vorgehen. Nur einer würde den Taufwein stellen können und reichlich dafür entlohnt werden. Bisher hatte die Winzerschaft immer zusammengehalten und nun waren sie die härtesten Konkurrenten untereinander.

Während sie noch darüber nachdachten, trat eine Delegation der Kellergeister in den Raum. Die Winzer rieben sich die Augen, hatten sie ihre Kellergeister doch bisher nur in ihren eigenen Kellern gesehen und nun wagten sie es, sich der Öffentlichkeit zu zeigen. Da die Kellergeister jedoch der Auffassung gewesen waren, alle Winzer müssten mitziehen, um ihren Plan umsetzen zu können, hatten sie sich zu dieser außergewöhnlichen Vorgehensweise entschlossen.

Schnell ergriffen sie vor den Winzern das Wort und berichteten ihnen von ihrem Vorhaben. Da dieses so hervorragend war, nahmen die Winzer den Plan einstimmig an, auch wenn dieser vorsah, dass im Falle des Erfolges den Kellergeistern auch in diesem Jahr ihre übliche Weihnachtsgabe zu entrichten sei. Winzer und Kellergeister begannen sofort mit der Umsetzung der List und begaben sich an die Arbeit.

Graf Adalbert staunte nicht schlecht, als er am nächsten Tag die Weine der Winzer verkostete. Sie waren nicht nur alle gleichermaßen hervorragend, sondern glichen einander so sehr, dass er nicht feststellen konnte, welcher nun der Beste war. Der Graf konnte sich nicht erklären, wie es möglich war, dass die Weine gleich schmeckten. Doch hatte er keine Zeit darüber nachzudenken, denn nun hatte er ein ganz anderes Problem: Wie sollte er vorgehen? Der Wein mundete ihm sehr und wenn er nur einen Winzer aus der Menge herausgreifen würde, würde er den anderen unrecht tun. Er beriet sich mit seiner schlauen Gemahlin und gemeinsam kamen sie zu einer Lösung.

Als Graf Adalbert am nächsten Mittag vor die Menge trat, waren die Winzer ganz aufgeregt. Wie üblich wurde er auch dieses Mal von seinem Zeremonienmeister angekündigt. Feierlich verkündete Adalbert seinen Beschluss.

„Alle Weine haben mir hervorragend geschmeckt. Deshalb habe ich beschlossen, von jedem Winzer ein Fass dieses köstlichen Weines als Kuniberts Taufwein haben zu wollen. Als Gegenleistung werde ich an den Weihnachtsfeiertagen ein großes Fest austragen, bei dem es an nichts fehlen wird. Ich werde meinen Keller öffnen, sodass alle Köstlichkeiten in großen Mengen vorhanden sein werden. Darüber hinaus werde ich die Höhe der Abgaben für die nächsten fünf Jahre um die Hälfte verringern."

Nachdem der Graf diese Nachricht verkündet hatte, brach Jubel unter den Winzern aus. Das Weihnachtsfest war gerettet und in den nächsten fünf Jahren würden sie keine großen Sorgen haben.

Ebenso erleichtert waren die Kellergeister. Ihre Idee, dem Grafen in allen Krügen den gleichen Wein zu präsentieren, hatte zum Erfolg geführt und ihnen die Weihnachtsgabe gerettet.

Schon am nächsten Tag hatten alle Winzer ihren Kellergeistern ein entsprechendes Päckchen hingestellt, das in diesem Jahr aufgrund ihrer Dankbarkeit gegenüber den Kellergeistern besonders großzügig ausfiel.

So geschah es, dass an Weihnachten alle Städter im Burghof feierten und die Gaben des Grafen genossen. Währenddessen trafen sich die Kellergeister in einem der größten Weinkeller und feierten gemeinsam im Kerzenschein inmitten der riesigen Fässer ausgelassen und glücklich das heilige Fest.

Martina Lorenz
Früher: Martina Nickenig
Mittelrheinweinkönigin 1994 – 1995
Stellvertr. Deutsche Weinkönigin 1995 – 1996

Ein magischer Tag

Anja saß auf der Bank und ließ sich die Dezembersonne ins Gesicht scheinen. Entspannt schloss sie die Augen und wickelte den restlichen Schokoriegel aus seiner Verpackung, bevor sie ihn genüsslich mit der Zunge am Gaumen zerdrückte.

„Schokolade ist einfach gigantisch." Stirnrunzelnd betrachtete sie ihre Hände. Die Trauerränder unter den Fingernägeln waren eindeutig von der Stallarbeit und nicht von der Schokolade.

Das Mädchen war zufrieden. Alle fünf Ponys hatten saubere Boxen und standen in frischem, duftenden Stroh. Ihre Lider schlossen sich wieder.

„Hey Faulpelz!"

Überrascht riss Anja die Augen auf, neben ihr stand ihre Freundin Claudia und stupste sie mit dem Fuß an. Dabei grinste sie frech, wobei sich ihr abgebrochener Schneidezahn zeigte. Ein Andenken an den letzten Sturz von ihrem Pony Palü.

„Was ist jetzt?" Claudia stupste erneut. „Wir wollten doch heute Nachmittag ausreiten."

Anja erhob sich brummelnd. „Du hast wirklich Hummeln im Hintern. Heute ist erster Weihnachtsfeiertag und du machst so einen Stress."

Claudia kicherte „Besser ich habe die Hummeln im Hintern als Palü, sonst könnte mein anderer Schneidezahn auch noch dran glauben."

Gemeinsam schlenderten die Freundinnen zu den Pferdeboxen. Claudia zog ihre Palü aus der Box, während Anja noch ein bisschen mit der weißen Shetlandstute Maggy schäkerte, um sich dann ihrem Goldi zuzuwenden.

Sie halfterten die Ponys auf und brachten sie in den Hof. Dort waren kräftige Ringe in die Außenseite der Stallwand eingelassen, an denen sie die Pferde anbinden konnten. Die Mädchen schlugen die Stricke durch den Ring und holten die Bürsten um die Ponys zu putzen.

Kurz darauf waren die Ponys und die beiden Mädchen in eine Staubwolke gehüllt und kaum mehr zu erkennen.

„Boah, ich glaube, Goldi ist kein Fuchs sondern ein paniertes Schnitzel", schimpfte Anja und klopfte den Striegel aus.

„Lass uns nur den Rücken putzen, wo der Sattel liegt, das reicht. Wenn die Beine nicht ganz sauber sind, ist das nicht so schlimm. Der Nachmittag ist schon spät und wir wollen doch raus", rief Claudia während sie eifrig am Bauch ihrer Stute herumschrubbte.

Anja kicherte. "Wenn das meine Mutter gehört hätte, wo sie dir doch so schön das Pferdestriegeln beigebracht hat. Aber du hast schon recht, wichtig ist, dass der Rücken sauber ist, damit es durch Sand oder Staub nicht zu Druck- und Scheuerstellen kommt."

Fix waren die Ponys gesattelt und getrenst. Die Mädchen saßen auf und gemächlich ritten sie vom Hof.

Am Waldrand angekommen, begannen sie zu traben. Der Winter war mild und der Boden etwas matschig. Es gluckste und patschte immer, wenn ein Huf auf die Erde trat und sich kurz darauf wieder hob.

Unvermittelt blieben die Ponys stehen. Beide blickten in dieselbe Richtung und spitzen die Ohren. Auf einer Lichtung stand ein Wohnwagen. Es schien sich jedoch nichts zu rühren. Anja war verunsichert. Hier hatten noch nie Camper gestanden. Das Mädchen nahm sich vor, nachher mit ihren Eltern darüber zu sprechen. Ihr Vater hatte es nicht so gern, wenn er nicht wusste, wer auf seinem Land campierte.

Die beiden Mädchen schauten sich an. „Komm, lass uns weiterreiten. Claudia ergriff die Initiative und lenkte ihr Pferd wieder auf den Weg. „Wir müssen zusehen, dass wir uns wieder Richtung Heimat machen, wenn ich um 18 Uhr nicht zu Hause bin, gibt es tierisch Ärger. Die ganze Familie kommt heute Abend zu uns zum Sippentreffen." Sie rollte mit den Augen. „Von denen hat keiner was mit Pferden zu tun, sie tun nur immer so fein, das mag ich überhaupt nicht"

Der Himmel war ganz klar und der Mond den ganzen Tag zu sehen gewesen.

Anja kicherte unvermittelt los.

„Was ist?" Claudia sah sie an.

„Ach weißt du, ich musste nur gerade daran denken, dass mir meine Tante Luna, du weißt, die mit dem Esoterik Tick, erzählt hat, dass Tage an denen der Mond zu sehen sei, eine ganz besondere Zauberkraft hätten. Sozusagen 'magische Tage'. Da könnten Dinge passieren, die sonst nie passieren würden."

„Hm, du meinst, ich könne mir jetzt etwas wünschen und das würde dann in Erfüllung gehen?"

Anja zuckte die Schultern. „Wer weiß, ich würde mir jetzt auf jeden Fall eine heiße Schokolade wünschen."

„Du und deine Schokolade ...", Claudia schüttelte lachend den Kopf. „Okay, dann wünsche ich mir einen Weihnachtsmann im Osternest."

So herumalbernd gelangten sie zum Hof zurück. Am Sattelplatz angekommen, griff Claudia nach einem weißen Couvert, das mit einer Reißzwecke an einem Balken befestigt war.

„Du, da stehen unsere Namen drauf!"

„Mach auf", neugierig kam Anja näher. Auch Goldi schob seinen Kopf dazwischen, es könnte schließlich etwas für Pferde Essbares im Umschlag sein.

Claudia zog einen Zettel aus dem Umschlag. „Heute ist ein magischer Tag!"

„Was soll das denn heißen? Will uns jemand auf den Arm nehmen?"

Die Mädchen waren ratlos. Goldi löste das Problem auf seine Weise und riss Claudia das Papier aus der Hand und verzehrte es genüsslich.

„Goldi!!", zerrte Anja an den Zügeln.

„Komm lass ihn, das bisschen Papier wird ihm nicht schaden" Claudia klopfte der Freundin beruhigend auf die Schulter. „Lass uns die Pferde in die Boxen bringen. Wir müssen noch füttern."

Flink machten sich die beiden an die Arbeit.

Anja lief auf die Wiese vor dem Wohnhaus ihrer Eltern, um für die Stallhasen noch etwas Grünes zu pflücken. „Seltsam, alles dunkel", dachte sie, "eigentlich wollte Tante Luna schon hier sein." Sie erhob sich und schaute in Richtung der Garagen. Da stand nur der kleine Fiesta ihrer Mutter. Eine Böe fuhr in den Hof und ließ ein paar vom Herbst übrig gebliebenen Blätter kurz auf dem Pflaster tanzen. Fröstelnd zuckte das Mädchen mit den Schultern und lief zurück zu ihrer Freundin.

„Weißt du, irgendwie ist mir unheimlich, es scheint bei uns niemand daheim zu sein!"

„Sei froh", brummelte Claudia, „ich wollte bei uns wäre heute Abend keiner da, stattdessen ...", seufzte sie. Dabei zog sie die Nase kraus, sodass die Sommersprossen, die diesen Winter gar nicht richtig hell geworden waren, sich zu einer einzigen braunen Insel zusammenzogen und dabei blitzten ihre Augen. „Obwohl, die Geschenke sind schon eine feine Sache."

„Wie kann man nur so wild auf Geschenke sein? Claudia, du bist unmöglich. Weihnachten bedeutet doch in erster Linie mit der Familie und denen, die man liebt, zusammen zu sein, miteinander reden und lachen. Wir haben gestern Abend ein irre langes Monopoly gespielt. Dafür haben meine Eltern sonst nie Zeit. Für teure Geschenke ist bei uns gar kein Geld da, aber Mama macht es Weihnachten immer so schön und festlich und außerdem habe ich doch alles, was ich brauche." Ihr Arm beschrieb einen weiten Bogen, der auch ihre Freundin mit einschloss.

Claudia blickte betreten zu Boden. „So habe ich es doch gar nicht gemeint!"

Anja lächelte und nickte mit dem Kopf. „Ich weiß, ist schon okay."

Claudia nahm die Futterschüssel. „Ich gehe den Hafer holen" und stürmte aus der Tür.

„AAAnja!"

Erschrocken ließ Anja die Heugabel fallen und rannte zur Futterkammer.

Claudia stand vollkommen fassungslos in der Tür und deutete auf die Haferquetsche. „Da!", mehr brachte sie nicht hervor.

Anja vermutete eine Ratte und zog die Handschuhe fester. Sie stellte sich an den Türrahmen und blickte schnell in den Raum hinein, stockte und schaute wieder hinein, diesmal jedoch deutlich langsamer und länger. Auf dem Hafer lag ein Korb. In dem Korb waren Eier und diese Eier waren bunt.

Es waren Ostereier in einem Bett aus bunt gefärbtem Ostergras und inmitten der Eier war ein wunderschöner Schokoladen-Weihnachtsmann in Zellophan. Braune Schokolade mit weißer Schokolade verziert.

Die Blicke der beiden Freundinnen trafen sich. „Jetzt brat mir doch einer 'nen Storch!"

Claudia hatte sich aus ihrer Erstarrung gelöst und griff nach dem Korb. „Hey, da ist noch ein Umschlag drin. Der sieht genauso aus wie der vom Putzplatz. Da stehen wieder unsere Namen drauf." Sie zog ihn hervor und öffnete ihn: „Heute ist ein magischer Tag".

Claudia ließ sich auf die Haferkiste fallen und hielt Anja den Zettel hin.

Anja setzte sich zu ihr. Geistesabwesend griff sie nach dem Weihnachtsmann, öffnete die Zellophanhülle und biss hinein.

„Bist du verrückt! Das ist ein Beweismittel!"

„Wofür?" Seelenruhig biss Anja ein weiteres Stück vom köstlichen Mann. „Hier, du auch? Schmeckt prima."

Sie reichte Claudia den Nikolaus, der inzwischen seiner Kapuze und seines halben Gesichts beraubt war.

Claudia schob angriffslustig ihr Kinn nach vorne. „Sag mal, das warst doch du! Du hast das alles hier versteckt."

Anja wischte sich die Hände am Leder der Reithose ab. „Neee, wie hätte ich das bitte machen sollen? Wir sind zusammen ausgeritten und auf die Idee mit dem Weihnachtsmann im Osternest bist du auf unserem Ritt gekommen und seitdem wir hier sind, bin ich nicht einmal von dir weggegangen. Das war bestimmt der Weihnachtsmann."

„Du spinnst ja", empört stand Claudia auf. „Du glaubst doch nicht tatsächlich an den Weihnachtsmann?"

„Weißt du, meine Tante Luna sagt immer: 'Es gibt mehr Dinge zwischen Himmel und Erde, als unsere Schulweisheit sich träumen lässt.' Ich jedenfalls betrachte die Schokolade als ein Geschenk des Himmels. Magst du ein Ei?"

„Nein, bestimmt nicht, das ist wirklich seltsam." Claudia sah ratlos aus.

Anja betrachtete das Ei, das sie in der Hand hielt. „Tja, du weißt ja, was meine Tante gesagt hat, von wegen Mond am Tag uns so, außerdem ist Weihnachten, das sind immer ganz besondere Tage." Sie steckte das Ei in ihre Jackentasche. „Komm lass uns fertigmachen, sonst bekommst du noch Ärger, weil du zu spät dran bist.

Claudia nahm den Hafer und ging zu Maggies Box. „Das darf doch nicht wahr sein, das kleine weiße Monster ist weg."

„Oh nein", jammerte Anja, „mein kleiner Bruder wird untröstlich sein. Er liebt seine Maggy doch so."

Unversehens spitzten die Ponys plötzlich die Ohren. Mit neugierig wachem Blick schauten sie aus ihren Boxen hinaus in Richtung Wald. Es klingelte in der Ferne und dann war dort in der Dämmerung ein weicher Lichtschein zu sehen. Das Licht bewegte sich direkt auf den Stall zu. Leises Hufgetrappel war zu hören.

Die beiden Mädchen waren wie versteinert und starrten mit großen Augen in die beginnende Nacht. Goldi stieß ein freudiges Begrüßungsbrummeln aus, in welches die anderen Pferde einfielen und das von der Erscheinung am Waldrand mit einem lauten Wiehern beantwortet wurde.

Maggy kam mit dem Ponysulky, der festlich weihnachtlich geschmückt und mit Schellen versehen war, am Stall an. Anjas Vater hatte die Zügel in der Hand und ihre Mutter und ihr kleiner Bruder Jan saßen gemütlich zusammengekuschelt auf der Bank.

„Na, da staunt ihr!"

Tante Luna war hinter die beiden Mädchen getreten und umarmte sie. „Macht nicht solche Gesichter. Ich war das mit dem Camper im Wald und habe euch reden hören. Nun, da wollte ich euch ein wenig foppen. Anjas Mutter hat auch wunderbar mitgespielt und Claudia ... schau mal wer da ist."

Die Mädchen waren überwältigt. Ihre Familien waren da. Alle Onkels, Tanten, Cousinen, Opas, Omas, Geschwister und natürlich die Eltern.

Der Ponysulky sah aus wie eine Weihnachtskutsche, mit rotem Krepp umwickelt und goldenen Sternen beklebt. Maggy hatte zu allem Überfluss auch noch ein Elchgeweih aus Filz über die Ohren gezogen bekommen. Aber das Pony trug es mit Fassung und genoss sichtlich die vielen streichelnden Hände.

Tante Luna klatschte in die Hände. „Liebe Familien und liebe Reiterinnen", nickte sie in die Richtung der Mädchen und blinzelte ihnen verschwörerisch zu. „Weil heute so ein 'magischer Tag' ist, gibt es jetzt heiße Schokolade und wunderbar selbst gebackene Plätzchen. Frohe Weihnachten!"

Anja stieß ihre Freundin an „Na, alles klar?"

Claudia schluckte. „Ich hätte nie gedacht, dass meine Familie so viel für meine Pferdevernarrtheit übrig hat, dass sie sogar extra für mich in den Stall kommt und ..." sie wies mit dem Kopf zu ihrer Großmutter, die mit Pumps und Abendkleid in der Stallgasse stand und sich mit dem polnischen Stallgehilfen einen Lebkuchen teilte.

Claudias Mutter trat zu ihnen „Na, ihr zwei Hübschen!" Ihre blauen Augen funkelten mit denen ihrer Tochter um die Wette. „Das hättet ihr nicht gedacht! Luna hat mich angerufen und mir ein bisschen was von eurem Waldgespräch erzählt und uns zu einem stimmungsvollen Weihnachtskaffee im Stall eingeladen. Ich wusste gar nicht, wie schön ihr es hier habt. Und Anjas Mutter hat mir erzählt, wie verantwortungsbewusst du dich um die Pferde kümmerst. Ich bin sehr stolz auf dich, Claudia."

Claudias Augen schimmerten verdächtig feucht. Sie schluckte. „Danke Mama," räusperte sie sich. „Wo ist Papa?"

„Der ..." Claudias Mutter drehte sich suchend um, „... steht mit Anjas Papa dort drüben. Ich glaube, sie erzählen sich gerade wieder Geschichten aus ihrer gemeinsamen Jugendzeit."

Claudia sah ihre Mutter überrascht an.

„Ja, wusstest du das nicht, Papa ist mit Anjas Vater zusammen in die Schule gegangen. Die beiden haben früher viel gemeinsam unternommen. Da dein Vater beruflich jedoch so viel unterwegs war, hatte er nie Zeit seine Freundschaften zu pflegen."

Wieder sah Claudia ihre Mutter mit großen Augen an. „Unterwegs ... war?"

„Ja, mein Schatz, Papa hat eine neue Arbeitsstelle und wird in Zukunft keine Geschäftsreisen mehr machen müssen. Jetzt können wir öfters etwas gemeinsam unternehmen und Papa hat viel mehr Zeit für uns." Glücklich lächelnd drehte sich Claudias Mutter um und ging zu ihrem Mann, der sie liebevoll ansah.

Völlig fassungslos blickte Claudia ihre Freundin an. „Ich kann es nicht glauben, das habe ich mir immer gewünscht!"

Anja legte den Arm um sie und sagte: „Heute ist ein 'magischer Tag', das ist der Geist der Weihnacht!"

Simone Renth-Queins
Früher: Simone Renth
Rheinhessische Weinkönigin 1998 – 1999
Deutsche Weinkönigin 1999 – 2000

Karlchen und Wu

Die Geschichte ereignete sich vor etlichen Jahren. Alles fing mit dem Urlaub des Schullehrers Herrn Wagner an. Lehrer Wagner war ein toller Lehrer. Die Schüler fanden ihn richtig klasse, weil er in den Schulferien meist weite Reisen unternahm, um ferne Länder kennenzulernen. Er packte seinen Rucksack und los ging es. Im neuen Schuljahr erzählte er dann wunderbare Geschichten über seine Erlebnisse.

Besonders Karlchen konnte es nie abwarten, wieder neue Berichte zu hören. Karlchen lebte in einem Dorf im Selztal im schönen Rheinhessen. Seine Eltern hatten ein kleines Weingut. Selten machten sie Urlaub und wenn, dann eher in der heimischen Umgebung.

Als nun in diesem Jahr Lehrer Wagner von seiner Reise zurückkehrte, hatte er von einem besonderen Erlebnis zu berichten. Er hatte in Asien einen sehr netten Kollegen kennengelernt, der ihn in seine Schule mitnahm und ihm auch seine Schüler vorstellte. Diese waren ungefähr im gleichen Alter wie Karlchen und seine Mitschüler, bei denen die Neugier immer größer wurde. Sie bestürmten den Lehrer mit Fragen und wollten alles wissen.

Herr Wagner fragte die Kleinen, ob sie nicht Lust hätten, den dortigen Kindern zu schreiben und eine Brieffreundschaft aufzubauen. Dann könnten sie vieles über das ferne Land erfahren. Das war natürlich etwas ganz Außergewöhnliches. Briefkontakte wurden ja schon lange gepflegt, aber meistens nicht in so ferne Länder. Und China war wohl sehr, sehr weit entfernt.

Sie fanden auch bald eine Lösung für das Sprachproblem. Karlchen konnte in Deutsch schreiben, weil der chinesische Lehrer ein bisschen deutsch sprach und die Briefe seinen Schülern übersetzte. Die Kinder in China schrieben in Englisch, wodurch Karlchen und seine Mitschüler gut Englisch lernen konnten.

Alle entwickelten einen unglaublichen Ehrgeiz Englisch zu lernen, um etwas über das ferne Land und den Brieffreund zu erfahren. Karlchen schrieb an einen Jungen mit dem Namen *Wu*. Allein der Name war schon lustig. Aber für Kinder aus China ist ja *Karlchen* auch ein komischer Name.

Die Freude war sehr groß, als Karlchen eine Antwort von Wu erhielt. Sogar der Postbote war ganz verwundert, wieso Karlchen einen Brief aus China bekam. Wu schrieb von seiner Heimat und seiner Familie. Er stellte viele Fragen und Karlchen schrieb zurück, was in seinem Leben so alles passierte.

Er erzählte von Oscar, seinem großem Hund, von seinen drei Geschwistern, seinen Eltern, von Oma Hilde und vieles mehr.

Hauptsächlich schrieb er aber über die Weinlese. Die fand er besonders toll. Im Herbst gab es zwar viel Arbeit für die Eltern, aber irgendwie war da auch immer viel los. Es machte einfach großen Spaß. Er schrieb, wie aus den Trauben der Wein gemacht wird und wie köstlich und gut besonders die Weine seines Vater sind.

Nach dem Herbst kommt der Winter und damit in Deutschland auch Weihnachten. Natürlich schrieb Karlchen von den Geschenken und wie Weihnachten hier gefeiert wird. Das muss für Wu genauso komisch gewesen sein wie für Karlchen, als Wu von den vielen Böllern und Feuerwerken schrieb, die es in China in Tempeln gibt.

Als dann endlich Weihnachten war, kam die ganze Familie von Karlchen zu Besuch. Die Krippe wurde aufgebaut, und Karlchen und seine Geschwister waren ganz aufgeregt, ob vielleicht einige ihrer Weihnachtswünsche in Erfüllung gingen. Als sie so beisammensaßen, erzählte Karlchen natürlich ganz stolz Geschichten von seinem neuen Freund Wu.

Karlchen wünschte sich von ganzem Herzen, Wu kennenzulernen. Er wollte ihn gerne einladen. Oder natürlich auch einmal hinfahren. Aber er würde zuerst gerne Wu seine Heimat zeigen, denn das Fliegen war Karlchen noch nicht ganz geheuer.

Nach Weihnachten schrieb Karlchen an Wu, wie schön das Weihnachtsfest war. Er schrieb von dem Besuch in der Kirche, vom Weihnachtsbaum, der Krippe mit dem Jesuskind, ja auch vom Christkind. An das glaubte seine kleine Schwester Helene noch immer, weil es am Heiligen Abend angeblich die Geschenke brachte, Goldstaub hinterließ und mit einem Glöckchen klingelte.

Wu's Lehrer übersetzte Karlchens Briefe, und manchmal erzählte er noch ein bisschen was dazu.

Wu berichtete auch von seinen Weihnachten. Auch zu ihnen kommt seit einiger Zeit der Nikolaus, es gibt Geschenke und die große Stadt, in der er lebt, glitzert und glänzt wie sonst nie. Einen Weihnachtsbaum gibt es nicht, auch kein Jesuskind. Er würde das auch nicht so richtig verstehen, was das bedeutet.

Die Zeit verging schnell. Karlchen und Wu schrieben sich sehr eifrig hin und her.
    Im Herbst kam Karlchens Onkel Fritz und verkündete, dass er ihm seinen Herzenswunsch zu Weihnachten erfüllen möchte. Er würde die Reise von Wu finanzieren. Karlchen konnte es kaum glauben und war außer sich vor Glück. Alle waren ganz gespannt und freuten sich auf Wu.

Kurz vor Weihnachten war er dann endlich da. Wu wunderte sich über vieles. Wie anders die Menschen hier aussahen. Alle waren so groß, aber sehr lieb zu ihm. Wu wurde sehr herzlich in Karlchens Familie aufgenommen. Karlchen stellte Wu jedem vor und zeigte ihm das ganze Dörfchen.

Dann kam das Weihnachtsfest.

Nachdem sie in der Weihnachtsmesse waren, hatte Wu viele Fragen. Lehrer Wagner erklärte den christlichen Glauben und den Sinn von Weihnachten. Nun erst verstand Wu die frohe, christliche Botschaft des Weihnachtsfestes. Er hatte schon viel über dieses Fest nachgedacht.

Wu erzählte auch viel von seinem Glauben und Karlchen und alle anderen waren sehr beeindruckt von der Innigkeit und der Besonderheit seiner Religion. Sie fanden sogar einige Gemeinsamkeiten beider Religionen.

Aber etwas fand Wu schon komisch. Er konnte einfach nicht verstehen, dass soviel Aufwand um den Wein gemacht wird und an Weihnachten der Wein nicht mehr geehrt wird.

Als schließlich alle Geschenke ausgepackt waren, fragte Wu Karlchens Vater, warum keine Flasche Wein unter dem Baum stehen würde, und warum der Wein bei seinem großen Fest zu kurz käme.

Karlchens Vater fragte Wu, was er denn von Weihnachten bisher gedacht habe, und Wu erzählte in seinem besten Englisch Folgendes:

Sein Lehrer hatte die Geschichten aus dem Weingut und dem Herbst vorgelesen und allen Schülern berichtet, dass Wein eine große Tradition in diesem fernen Deutschland hat. Man würde als Erwachsener zwar auch mal gerne ein Bier trinken, aber Wein sei eben etwas ganz Besonderes. Die Ernte würde ja auch gefeiert. So viel wusste Wu's Lehrer noch. Aber mit den Weihnachtsgeschichten konnte auch Wu's Lehrer nicht viel anfangen und übersetzte dann auch noch falsch. Er verstand nämlich, dass es bei dem Fest besonders um „den Wein achten" geht. Später klärte sich dann auf, dass Karlchen Weinachten ohne „h" geschrieben, und der Lehrer dieses Wort nicht im Lexikon gefunden hatte.

Jetzt amüsierten sich alle über die große Fantasie des Lehrers von Wu und feierten Weihnachten, wie es sich gehört. Natürlich auch mit einem Glas Wein für die Großen und ganz viel Traubensaft für die Kleinen. Dieses eine Weihnachtsfest blieb immer unvergesslich für Wu, Karlchen und seine ganze Familie. Herzenswünsche gingen in Erfüllung.

Und nächstes Jahr kommt Wu zur Weinlese ...

Kathrin Saaler
Rheinhessische Weinkönigin 2002 – 2003

Die Prinzessin und der Weihnachtsfrosch
oder
Die wundersame Wirkung des Rieslings

Im Land der Tausend Hügel lebte einmal eine schöne, junge und selbstbewusste Prinzessin. Sie war recht zufrieden mit ihrem Leben, denn sie hatte so ziemlich alles was ein Prinzessinnenherz begehrt: eine liebe Familie, die immer für sie da war; nette Freunde, mit denen sie schon viele schöne Augenblicke erlebt hatte und bei denen sie auch mal ganz ohne Krönchen unbeschwert feiern konnte. Sie lebte in einem schönen Königreich, in dem die mit Reben bewachsenen Hügel im Frühling und Sommer so wunderbar grün waren und die Sonne ein ganz besonderes Licht zauberte. Die Prinzessin konnte sich auch nicht über einen Mangel an Edelsteinen beklagen, und während ihrer Audienzen traf sie eine Menge interessanter Menschen. Aber eines fehlte doch: der Märchenprinz.

So vergingen die Tage im Land der Tausend Hügel. Die Prinzessin gab viele Audienzen, genoss die kleinen Glücksmomente des Lebens und hoffte, bei all den Terminen einem würdigen Prinzenanwärter zu begegnen. Dabei kamen ihr einige Prachtexemplare der holden Männlichkeit unter: Zunächst war da der dynamische aber sehr rechthaberische Jungpolitiker, der sehr wohl die Welt aber nicht sich selbst ändern wollte. Auf irgendeinem roten Teppich dieser Erde lernte die Prinzessin dann einen schönen Schauspieler kennen. Leider war dieser sehr von sich selbst eingenommen, doch dass er im Bad länger brauchte als die Prinzessin selbst, das gab ihr erheblich zu denken. Dann war da noch der erfolgreiche und gut gebaute Diplom Ingenieur. Doch der war nicht nur egozentrisch sondern suchte nach einem „Frauchen" an seiner Seite, das bei Geschäftsessen schön brav lächelte, nicht allzu intelligent war und ihm den Haushalt führte. Da war er bei der selbstbewussten, taffen Prinzessin leider an die Falsche geraten!

Gut, dass das Land noch mehr Männer zu bieten hatte. Aber auch die nächsten drei Prinzenanwärter entpuppten sich als Nieten: Bei dem lispelnden Steuerfachangestellten musste sich die Prinzessin nach jeder Verabredung erst einmal ihr Gesicht trocken wischen, der ehrgeizige Sportlehrer scheuchte sie derart über die Tausend Hügel, dass sie jedes Mal ganz außer Puste war und der hoffnungsvolle Jungwinzer lebte getreu dem Motto „Liebe vergeht – Hektar besteht." Darauf konnte die Prinzessin nun wirklich verzichten. Sie sehnte sich nach mehr Ruhe.

Wie gut, dass Weihnachten bevorstand. Die Prinzessin liebte Weihnachten: Besinnlichkeit, Ruhe, feine Düfte in der Luft. Sie wollte diese Zeit mit ihrer Familie und ihren Freunden genießen und Kraft für die nächsten Audienzen tanken. Doch bevor Weihnachten kommen konnte, musste die Prinzessin erst einmal ihren Wunschzettel verfassen. So setzte sie sich an ihren königlichen Schreibtisch und schrieb in royaler Schönschrift die typischen Wünsche einer Prinzessin nieder:

Liebes Christkind, ich wünsche mir einen roten Teppich für unsere Eingangshalle. Es wäre auch nett, wenn du mal bei Tiffany's vorbei schauen könntest, um das Diamantcollier aus der Auslage für mich zu besorgen. Außerdem brauche ich dringend einen tollen neuen Sportflitzer mit mindestens 300 PS, damit ich in würdiger Art und Weise bei meinen Audienzen vorfahren kann. Ach ja und eines noch: Bring mir doch bitte endlich meinen Traumprinzen! Danke!

Deine Prinzessin

Dabei zweifelte sie allerdings doch ein wenig, ob das Christkind wirklich dazu in der Lage war, einen Traummann unter dem Weihnachtsbaum abzuliefern.

Die Adventstage vergingen, und im Schloss stimmten sich alle auf den Heiligen Abend ein. Nach dem Weihnachtsgottesdienst war die Bescherung der königlichen Familie angesetzt, und anschließend hatte die Prinzessin all ihre Freunde zu einem großen Weihnachtsfest eingeladen. Klingt ja alles ganz gut, doch leider kam es anders, als die Prinzessin sich das vorgestellt hatte.

Nach dem Gottesdienst zogen sich die königlichen Eltern in ihr Schlafgemach zurück. Denn die Königinmutter hatte einen Migräneanfall, hervorgerufen durch eine allergische Reaktion auf die Zimtsterne und der König selbst war müde vom vielen Regieren. Das wäre alles nicht so schlimm gewesen, wenn nicht auch noch die Freunde der Prinzessin abgesagt hätten. Die einen waren eingeschneit, die anderen kamen nicht, weil ihnen die fette Weihnachtsgans einen Strich durch die Rechnung machte und die Übrigen lagen mit einer Fischvergiftung im Bett, weil sie das vorweihnachtliche Essen ihrer Schwiegermütter nicht ohne Schaden überstanden hatten. Und schließlich kamen einige nicht, weil der Rest nicht kommen konnte.

„Frohe Weihnachten, liebe Prinzessin" – murmelte die Prinzessin traurig vor sich hin. So saß sie nun alleine vor dem Weihnachtsbaum und packte ihre Geschenke aus. Da, wie überall, auch im Königreich der Tausend Hügel Sparmaßnahmen angeordnet waren, hatte weder das Christkind noch die königliche Familie den Wunschzettel der Prinzessin beherzigt. Was unter dem Geschenkpapier zum Vorschein kam, trug leider nicht zur Stimmungsaufheiterung der Prinzessin bei: Ein Bügelbrett, damit sich die Prinzessin die Kleider für ihre Audienzen in Zukunft selbst aufbügeln konnte und somit Personalkosten im Schloss gespart werden konnten, einen Gutschein für einen „Haushaltsführerschein" an der Volkshochschule, um sie auf den Ernst des Lebens vorzubereiten (unwillkürlich überlegte die Prinzessin, ob da wohl der Diplom Ingenieur seine Finger im Spiel gehabt hatte) und ein paar Inlineskates.

„Na ganz toll", dachte sich die Prinzessin, „wo ich früher schon immer Angst vor dem Rollschuhlaufen hatte und mir bei meinen Audienzen keine Schmarre im Gesicht leisten kann".

Schließlich stand nur noch ein Päckchen unter dem königlichen Weihnachtsbaum. Für den Traumprinzen war es leider zu klein, es sei denn, man hätte ihn gießen oder gar aufblasen müssen.

„Schlimmer kann es ja nicht kommen", stöhnte die Prinzessin und riss das Papier ab. Zum Vorschein kam eine Kiste trockener Riesling aus dem Weinberg der Urgroßmutter mitten im Land der Tausend Hügel. „Na immerhin meine Lieblingsrebsorte!" Riesling war schließlich die Königin unter den Reben und warum das so ist, das war für die Prinzessin ganz klar: Riesling ist den Frauen so ähnlich. Da gibt es die spritzigen, filigranen und die sehr eleganten Typen. Von beiden kennt man allerdings auch eine, nun sagen wir mal etwas breitere, voluminöse Ausführung. Sicherlich nicht jeder verträgt die Säure so gut, und manchmal können beide zickig sein, das wird Ihnen jeder Kellermeister wie auch jeder Mann bestätigen. Und dennoch: Riesling und Frauen sind zwei mit Emotionen, zwei die man(n) einfach erleben muss!

So beschloss die Prinzessin, sich den Abend mit einem oder auch zwei oder drei Gläsern guten Rieslings zu verschönern. „Plopp!" – schon floss der Wein in den königlichen Weinkelch. Nach dem dritten Glas ihres Lieblingsweines wollte die Prinzessin im Schlossgarten ein wenig frische Luft schnappen.

Sie trat auf die Terrasse und im gleichen Moment hüpfte ihr ein Frosch vor ihre zarten Prinzessinnenfüße. Als Erstes überlegte die Prinzessin, ob ihr vielleicht das letzte Glas Riesling nicht bekommen war: ein Frosch mitten im Winter im Schlossgarten, pah – so was gibt's ja wohl nur im Märchen! Was sollte sie jetzt bloß machen? Sie war doch eine intelligente, moderne, junge Frau und keine naive Prinzessin aus irgendeinem Märchen. Na gut, sie hatte früher heimlich den ein oder anderen Frosch geküsst, aber keiner dieser kleinen grünen Kreaturen wollte sich in einen Prinzen verwandeln, so sehr sich die Prinzessin damals auch mit ihren Kusskünsten anstrengte. „Ach, was soll's!", sagte die Prinzessin und gönnte sich erst noch ein weiteres Glas Riesling. Da das Fröschlein keinerlei Anstalten machte davonzuhüpfen, nahm sie es in ihre feinen Prinzessinnenhände, machte die Augen zu, atmete noch einmal tief durch (Anmerkung der Autorin: Es ist verwunderlich, dass der Frosch bei ihrer Rieslingfahne nicht in Ohnmacht fiel) zählte bis drei und küsste den Frosch. Da gab es ein lautes „Plopp", fast so als würde man den Korken einer überdimensionalen Sektflasche knallen lassen, und dann stand er vor ihr: Nein, es war kein lispelnder Steuerfachangestellter, auch kein Sportlehrer und schon gar kein Diplom Ingenieur, es war ... der Traumprinz!

Er hatte das netteste Lächeln der Welt und schöne, große Hände (die Prinzessin legte großen Wert auf schöne Hände). Seine wunderbar tiefbraunen Augen strahlten die Prinzessin an, und er nahm sie in seine starken Arme und trug sie über die Schwelle hinein in das königliche Wohnzimmer direkt vor den Kamin auf das weiße Bärenfell (Wer braucht da noch einen roten Teppich?). Sie gönnten sich noch weitere Gläschen Riesling und es wurde das schönste Weihnachten, das die Prinzessin je erlebt hatte.

Und die Moral von der Geschicht: Ohne Riesling verwandelt sich auch das noch so liebevoll geküsste Fröschlein nicht.

Jasmin Schlimm-Thierjung
Früher: Jasmin Müller
Weinprinzessin Landau 1995 – 1996
Weinprinzessin Landau und SÜW 1996 – 1997
Pfälzische Weinkönigin 1997 – 1998

Und es gibt IHN doch !!!
gewidmet meinen Kindern
und meinem Mann, die ich über alles liebe

Endlich ist es soweit. Wenn die Abende kürzer werden und der Winter lang, kalt und dunkel zu sein scheint, ist die schönste Zeit im Jahr. Weihnachten naht!

Der siebenjährige Dustin und sein dreijähriger Bruder Robin sind schon ganz gespannt auf den Weihnachtsmann. Jeden Abend sitzen sie vor dem Schlafengehen in ihrer Kuschelecke im Kinderzimmer und überlegen, ob es den Weihnachtsmann wirklich gibt und wie man ihn bei seiner Arbeit beobachten könnte. Oder ist es nur ein schöner Brauch, um Weihnachten für Kinder noch schöner zu gestalten? Diese Frage lässt beiden keine Ruhe und ständig fragen sie Mama und Papa danach.

„Mama, gibt es den Weihnachtsmann wirklich oder verkleidet sich nur Opa mit einem weißen Bart und rotem Mantel?"

Mama antwortet wie viele Male zuvor geduldig und gleichzeitig genervt auf die Frage, die sie jeden Abend aufs Neue beantworten muss: "Kommt mal her, ihr zwei Klabautermänner. Also, wenn man ganz fest an etwas glaubt, so wie ihr an den Weihnachtsmann, dann gibt es ihn auch. Oder denkt ihr Opa verkleidet sich? Überlegt doch mal, der sitzt doch immer wie alle anderen Verwandten in unserem Wohnzimmer und hört ganz gespannt zu, was der Weihnachtsmann über euch zu erzählen hat."

Mama wartet kurz ab schaut in die staunenden Gesichter der beiden und fügt hinzu: „So, jetzt aber ab in eure Betten, morgen ist Schule und Kindergarten und ihr wollt doch fit zum Weihnachtsliedersingen sein."

Ja, so ist es wohl. Jedes Jahr singen und dichten die Kinder, um dem Weihnachtsmann am großen Tag eine kleine Kostprobe von dem Erlernten zu geben, wenn er die vielen bunten Geschenke aus seinem Sack holt und an alle Kinder mit der Frage austeilt, ob auch wirklich alle in diesem Jahr artig und gehorsam waren.

Doch die beiden Jungs sind viel zu aufgeregt, um zu Bett zu gehen. Sie haben sich doch noch so viel zu erzählen, wie zum Beispiel vom Weihnachtsmann, der irgendwo in Lappland zu Hause ist, behauptet Dustin: „Also ich habe gehört, dass der Weihnachtsmann irgendwo in Lappland wohnt, mit seinen vielen Helfern, den Wichteln und den vielen Rentieren."

Robin ist ganz nachdenklich und plötzlich sprudelt es aus ihm heraus. "Ich will auch dorthin und sehen, wie der Weihnachtsmann die vielen Geschenke bastelt. Aber, wie sollen wir denn nur dahin kommen?", fragt er ganz kleinlaut seinen großen Bruder, der ratlos dreinschaut, und kuschelt sich noch fester an ihn und beide überlegen ganz angestrengt.

Robins und Dustins Mama erlaubt nach langem Quengeln , dass sie heute ausnahmsweise zusammen in ihrer Höhle übernachten dürfen. Sie gibt jedem einen Gutenacht-Kuss. Nachdem sie die Geschichte vom Weihnachtsmann wie jeden Abend erzählt hat, der zu allen Kindern auf dieser Welt kommt, knipst sie das Licht aus und geht an ihre Weihnachtsvorbereitungen wie Sterne, Engel, Adventskalender (für jeden einen) basteln und Plätzchen backen, die immer so süßlich im Haus duften und auf Weihnachten einstimmen.

Die Kinder reden noch lange und schmieden Pläne, wie sie hinter das Geheimnis des Weihnachtsmannes kommen können und vor allem, wie sie dort hinkommen sollen. Mit dem Flugzeug, mit dem Schlitten oder einer Rakete?

„Wenn wir uns ganz doll wünschen, dass wir fliegen, vielleicht klappt es dann", schlägt Robin seinem großem Bruder vor. Doch vom Wünschen werden beide ganz müde und sinken eng umschlungen in einen tiefen Schlaf.

Robin wurde als Erster wach und rief: „Dustin, schau mal!"

Sie saßen beide in einem eisernen Rentierschlitten hoch über den Wolken. Tausende Sterne glitzerten und funkelten so hell am Himmel wie noch nie zuvor und überall lag hoher Pulverschnee und bunte Lichter leuchteten links und rechts entlang des Weges, den sie mit dem Rentierschlitten fahren. Die Reise führte entlang dichter Wälder, Berge und Seen und sie konnten viele Tiere beobachten, die nachts aktiv wurden und ihnen freudig zuwinkten.

„Wo geht die Reise hin?", wollte Dustin, der als Erster seine Sprache fand, von dem großen, braunen Rentier wissen.

„Hattet ihr euch nicht gewünscht, den Weihnachtsmann und seine geheime Werkstatt zu sehen?"

Voller Freude und Glücksgefühl endlich das Geheimnis über den Weihnachtsmann zu lüften, juchzten die beiden fröhlich vor sich hin. „Jaaa, jaaa, bitte bring uns zum Weihnachtsmann! Ich bin Dustin und das ist mein kleiner Bruder Robin. Wir sind ja schon soooo gespannt."

„Ich bin Paul, das Rentier. Lasst euch noch ein wenig von der Landschaft verzaubern, in einigen Minuten sind wir hinter den Bergen, wo das Weihnachtsdorf liegt. Dort erfahrt ihr alles, was ihr wissen wollt.

Sie fuhren weit, sehr sehr weit und sogar noch ein Stückchen weiter. Weder Straßen noch Wege führten dorthin. Deswegen ist es auch so schwer den Weihnachtsmann zu finden, dachten beide.

Plötzlich, am Fuße eines Berges, tauchte vor ihnen eine riesig große, beleuchtete Stadt mit hohen, geschmückten Weihnachtsbäumen und mächtigen Holzhütten auf.

„Da ist es! Wir sind da", riefen beide begeistert. Sie hielten in der größten Weihnachtsstadt, die Sie je zuvor gesehen hatten, an und stiegen eilig aus. Das Rentier verschwand in der dunklen kalten Nacht.

Robin und Dustin hüpften überglücklich von einem Haus zum anderen hin und her, die mit verschiedenen Schildern und Namen der Werkstätten versehen waren, und freuten sich, dass sie jetzt dem Weihnachtsmann so nahe zu sein schienen. Doch wo ist er nur?

Ein freundlicher, alter Mann mit einem weißen Bart, der für alle Kinder auf der Welt zuständig zu sein schien und Jahr für Jahr rackerte, um allen Menschenkindern auf der Erde ein schönes Weihnachtsfest mit Geschenken und Leckereien zu bereiten, kam aus der Hütte, die den Namen trug „Haus des Nikolaus". Er kam mit großen schweren Schritten auf Dustin und Robin zu.

„Guten Abend Robin, guten Abend Dustin. Was führt euch zu mir?", fragte er mit erhobener, ernster Stimme die beiden.

Schüchtern und erschrocken erwiderten beide flüsternd wie im Chor: „Wir wollten wissen, ob es dich wirklich gibt und wie du die vielen Geschenke machst und an die Kinder verteilst und ..."

Lange hörte der Weihnachtsmann den Bitten und Fragen der kleinen Sprösslinge zu und führte sie dann endlich durch sein Reich. Die vielen Werkstätten, Ställe, Lager, Flugplätze und Hallen, wo Tausende von Päckchen und Geschenken lagerten, übertrafen alles, was die Brüder in ihren Fantasien sich vorgestellt hatten. Alle Zweifel von Robin und Dustin über den Weihnachtsmann wurden ausgeräumt und verschwanden wie im Nichts, so begeistert waren beide und versprachen, dass sie bald ihre Wunschzettel schreiben würden, damit auch sie in diesem Jahr bedacht werden konnten.

Aber das schönste Geschenk für Robin und Dustin in dieser Vorweihnachtszeit war endlich zu wissen: Es gibt den Weihnachtsmann doch und alle Geschichten von Eltern und Kindern, Lehrern, Erziehern, Großeltern und Tanten, die man sich erzählte und flunkerte, waren vergessen.

Später saßen beide ganz überwältigt und mit neuen Erkenntnissen mit dem Weihnachtsmann vor seiner Hütte und dem glitzernden, grünen Tannenbaum. Sie tranken heißen Kakao, blickten nach unten und fragten sich, wie sie denn jetzt wieder nach Hause kommen sollten.

„Ganz einfach, so wie ihr hier hoch gekommen seid", antwortete der Weihnachtsmann mit seiner tiefen und friedvollen Stimme den Kindern. Doch dieses Mal ging es mit einer großen, alten Nostalgieeisenbahn zurück, wie in dem schönen Weihnachtsmärchen, das Mama immer vorlas. Der Rauch der Eisenbahn dampfte mächtig in der eisigen Nacht. Es ging den Berg hoch und runter durch Wälder und Täler. Unendlich schien die Heimfahrt und beide sprachen auf dem langen Weg über die neuen Eindrücke und Erlebnisse, bis sie müde einschliefen.

Plötzlich werden sie von einer vertrauten Stimme geweckt. Wer, was war das? Denken beide erschrocken und blinzeln vorsichtig hoch.

„Seid ihr tatsächlich in der Kuschelecke eingeschlafen?", fragt Mama, die noch einmal nachschauen wollte, ob die beiden jetzt tatsächlich in der kleinen Höhle am Ende des Kinderzimmers schlafen, die doch viel zu eng für zwei Abenteurer wie Dustin und Robin war.

Die beiden erzählen verschlafen und voller Anstrengung von der Reise zum Weihnachtsmann, was sie alles erlebt hatten, und dass sie als Mama wohl recht hatte, mit dem An-was-Glauben und dem Weihnachtsmann.

„Da hattet ihr aber einen wunderbaren Traum, meine zwei Süßen." Mama lächelt Dustin und Robin zufrieden an. „Jetzt aber schnell in eure Betten, da ist es gemütlicher als in dieser viel zu kleinen Ecke."

Mama trägt sie ins Bett, hüllt beide in ihre Decken, deckt sie zu, gibt ihnen ein Küsschen und verschwindet leise.

Robin und Dustin sehen ihrer Mama ungläubig und erstaunt hinterher.

"Manchmal haben Eltern doch wirklich keine Ahnung", wundern sich beide.

„Stimmt", erwidert Lockenkopf Robin und reibt sich die Augen. Erschöpft und müde liegen sie in ihren Bettchen und freuen sich schon auf den nächsten Morgen, um den anderen Kindern in der Schule und im Kindergarten zu erzählen, dass es doch einen Weihnachtsmann gibt, auch wenn man den nicht immer sehen und anfassen kann. Man sollte einfach fest daran glauben, denn er kommt schneller als man denkt.

Carolin Schmäler
Deutsche Edelsteinkönigin 2006 – 2008

**Das Märchen
von Jarobus und seinem Stein**

Es war einmal ein kleiner Zwerg. Er trug den Namen Jarobus und lebte im fernen Zwergenland. Jarobus war der kleinste Zwerg dort und wurde deshalb von den anderen oft gehänselt.

Es war im Winter, dicke Schneeflocken wirbelten durch die Luft und bedeckten ganz Zwergenland mit einer dicken, weißen Decke. In den Fenstern funkelten Kerzenlichter, es wurde gebastelt und geschmückt, denn bald schon war Heiligabend. Alle freuten sich auf das Weihnachtsfest.

Jarobus war im Wald gewesen, um einen Tannenbaum zu suchen. Das machte ihm jedes Jahr immer besonders viel Freude. Er wollte keinen großen Baum, sondern ein schönes kleines Bäumchen.

Heute hatte er lange suchen müssen, bis er etwas Passendes gefunden hatte. Zufrieden zog Jarobus seinen Schlitten mit dem Weihnachtsbaum hinter sich her. Es hatte stärker zu schneien begonnen. Der kleine Zwerg hatte Schwierigkeiten, auf dem richtigen Weg zu bleiben. Mit den Händen versuchte er, seine Augen vor dem Schnee zu schützen.

Da er nicht sehr groß war, versank Jarobus bis zur Hüfte in der weißen Masse. Schließlich merkte er, dass es keinen Sinn machte, weiterzugehen! Es war zu mühsam, außerdem hoffte er, dass es wenigstens bald aufhörte zu schneien.

Jarobus blieb stehen und schaute sich um. Scheinbar war er doch etwas vom Weg abgekommen, denn er erblickte eine kleine Höhle, die er noch nie zuvor gesehen hatte.

Fröstelnd arbeitete sich Jarobus zu der Höhle vor. Den Schlitten mit dem Tannenbäumchen stellte er unter einem kleinen Felsvorsprung ab.

Eigentlich war die Höhle mehr eine Grotte. Jarobus kletterte hinein und setzte sich auf einen Stein. Er zog die Handschuhe aus und rieb die Hände aneinander.

„Zum Glück habe ich einen Unterschlupf gefunden," ging es ihm durch den Kopf. „Sonst wäre ich am Ende noch eingeschneit und erfroren!"

Jarobus wartete eine gute Weile in der kleinen Höhle und tatsächlich: Das Schneien wurde erst weniger und hörte schließlich ganz auf.

„Jetzt kann ich mich wieder auf den Heimweg machen", dachte Jarobus. Er stand auf und stolperte fast über einen der herumliegenden Steine. Gerade noch konnte er sich auf den Beinen halten. Aber anstatt sich zu ärgern, fasste Jarobus den Stein an und beschloss, ihn mit nach Hause zu nehmen. Er sollte ihn dankbar an den trockenen Unterschlupf erinnern, den er gefunden hatte.

Natürlich war der Stein schwer. Der kleine Zwerg brauchte beide Hände und etwas Kraft, um ihn aus der Höhle hinaus auf seinen Schlitten zu dem Tannenbaum zu hieven.

Jetzt, wo die Sicht besser war, hatte Jarobus keine Schwierigkeiten mehr, den richtigen Weg zu finden.

Drei andere Zwerge kamen gerade vorbei. Als sie Jarobus entdeckten und seine Bemühungen, den schweren Schlitten zu ziehen, fingen sie an zu spotten.

„Was schleppst du denn mit dir herum?", riefen sie.

Der kleine Zwerg ließ sich nicht beirren und bat: „Könnt ihr mir nicht ziehen helfen? Ich möchte den Stein gerne mitnehmen, er gefällt mir so gut."

Aber die Drei hielten sich lediglich die Bäuche vor Lachen und gingen ihrer Wege. Jarobus war also auf sich allein gestellt und musste seinen bepackten Schlitten ohne Hilfe nach Hause bringen.

Dort angekommen, stellte der kleine Zwerg seinen Weihnachtsbaum im Schuppen auf – schließlich waren es noch ein paar Tage bis Heiligabend – und rollte seinen Stein ins Wohnzimmer neben den Kamin. Jarobus setzte sich ächzend in den alten, gemütlichen Ohrensessel und verschnaufte bei einem Tässchen Wintertee. Der Kamin gab behagliche

Wärme ab. Jarobus betrachtete den Stein eine Weile und fand, dass er recht gut in sein kleines Häuschen passte.

Einen Tag später hatte es schon wieder zu schneien begonnen. Die Zwerge erhielten an diesem Tag unerwarteten Besuch.

Es war einer der Boten der Königin. Man konnte es an den goldenen Stickereien und dem königlichen Wappen auf der roten Weste erkennen. Der Bote hielt eine Schriftrolle in seinen Händen. Er rief die Zwerge zusammen und verkündete:

„Unsere Königin lässt mitteilen: Derjenige, der ihrer Majestät behilflich sein kann, wird reich belohnt werden. Der Königin ist ein kleines Missgeschick geschehen, ihr fiel die goldene Krone vom Kopf und zerbrach. Die Königin lässt nun im ganzen Land Ausschau nach einem Schmuckstück für die neue Krone halten."

Etwas Edles sollte es sein, was dem goldenen Reif neuen Glanz verleihe, betonte der königliche Verwalter. Bei ihm seien auch die Vorschläge vorzubringen. Es eile sehr, denn Weihnachten stehe vor der Tür und die Königin möchte am Heiligen Abend bereits ihre neue Krone tragen. „Wer die ausschlaggebende Idee hat, wird mit Gold überschüttet."

Der Bote rollte seine Schriftrolle zusammen und war auch schon wieder verschwunden.

Die Zwerge gerieten in helle Aufregung. Es geschah selten, dass ein Bediensteter der Königin zu ihnen geschickt wurde! Und dann noch mit solch einer Botschaft!

Eifrig wurden Pläne geschmiedet. Ein jeder machte sich seine Gedanken über die neue Krone ihrer Majestät.

Auch unser kleiner Zwerg überlegte sich etwas.

„Die arme Königin, sie ist bestimmt traurig darüber, dass ihre Krone kaputtgegangen ist. Gerade jetzt zur Weihnachtszeit! Auch wenn ich nichts habe, ich würde ihr so gerne helfen. Ich werde ihr das Schönste schenken, was ich habe. Ich will ihr meinen Stein schenken, um sie zu trösten und ein bisschen aufzumuntern."

So sollte es geschehen. Der kleine Zwerg zog sich seine gefütterten Handschuhe an und stülpte seine rote wollene Zipfelmütze über den

Kopf. Dann bepackte er den Schlitten und machte sich erneut mit seinem Stein auf den Weg.

Natürlich war er nicht der Einzige, auch die andern hatten sich startklar gemacht. Einer hatte eine vergoldete Blume eingepackt, ein anderer ein königliches Wappen aus Hefeteig gebacken, und so weiter.

Man spottete über Jarobus und seinen Stein. Ein Zwerg rief belustigt: „Ja, denkst du denn, ihre Majestät trägt unterm Weihnachtsbaum einen Felsbrocken auf dem Kopf?" Die anderen brüllten vor Lachen.

Der kleine Zwerg wurde so rot im Gesicht wie seine Mütze. Er wollte schon umkehren, weil ihm plötzlich durch den Kopf ging, dass sein Stein vielleicht nicht das richtige Geschenk für eine Königin sei. Dann aber überlegt er es sich doch anders und setzte seinen Weg fort.

Es war eine lange, beschwerliche Reise für Jarobus. Der Schnee lag zwar nicht mehr ganz so hoch, aber das Laufen war trotzdem mühsam.

Die anderen waren mit ihren leichten Geschenken viel schneller als er und so kam er als Letzter im Schloss an.

Das Schloss war schon wunderschön weihnachtlich geschmückt. Überall leuchteten Kerzen, ein betörender Tannenduft lag in der Luft und auch in der Küche war man schon fleißig am Werk. Überall ging es sehr geschäftig zu.

Die Königin thronte ohne Krone im großen königlichen Saal. Die Menge wartete oben auf der Empore darauf, vorgelassen zu werden. Jarobus stellte seinen Schlitten vor der Tür ab und gesellte sich mit seinem Stein zu den anderen.

Traurig begutachtete die Königin mit ihrem königlichen Verwalter zusammen die unzähligen Vorschläge der Angereisten. Was man sich alles ausgedacht hatte!

„Meine Herrschaften, bitte! Soll ihre Majestät auf ihren zahlreichen Reisen ihr Königreich mit Blumen auf dem Kopf vertreten?" Der königliche Verwalter schüttelte verzweifelt seine Perücke! „Hat denn niemand etwas Edles, Lebendiges, ...?" Ihm fehlten die Worte, er konnte nicht ausdrücken, wie er sich die neue Krone der Majestät vorstellte!

In diesem Moment passierte Jarobus ein Missgeschick, er war so erschöpft von der langen Reise, dass ihm die Arme kraftlos wurden und er seinen Stein nicht mehr halten konnte!

„Achtung", schrie der kleine Zwerg verzweifelt, weil der Stein sich selbstständig gemacht hatte und auf das Geländer der Empore zurollte!

Alle hielten vor Schreck den Atem an, als der Stein unter dem Geländer durchrollte und plötzlich durch die Luft flog, geradewegs auf den Thron der Königin zu!

Der kleine Zwerg hielt sich entsetzt die Augen zu. Hoffentlich gab das kein Unglück!

Unmittelbar vor dem Thron traf der Stein mit Wucht den Fußboden. Und es geschah etwas, womit keiner der Anwesenden gerechnet hatte: Der Stein spaltete sich durch den Aufprall genau in der Mitte und brach auseinander.

Die Königin saß kerzengerade. In zwei Hälften lag der Stein noch leicht wippend vor den Augen der Königin auf dem Boden. Im Inneren der Steinhälften funkelte und schimmerte es! Die Menge wurde geblendet von einem lila Glitzern und Strahlen! Sekundenlang war es mucksmäuschenstill!

Dann sprang die Königin auf und rief mit erregter Stimme: „Wem gehört dieser Stein? Der Eigentümer möge zu mir nach vorne treten."

Jarobus hatte hochrote Wangen bekommen. Noch immer hielt er sich die Augen zu. Man stupste ihn von der Seite an und sagte: „Los, geh schon nach unten."

Der kleine Zwerg nahm schließlich die Hand vom Gesicht und machte sich auf den Weg nach unten. Alle anderen machten ihm Platz. Es verwunderte ihn, dass ihn noch niemand ausgelacht hatte!

Als er unten bei der Königin ankam, verbeugte er sich und staunte nicht schlecht, als er entdeckte, welch Kostbarkeit im Inneren seines Steins zum Vorschein kam.

Er stammelte: „Ihre Majestät, ein Stein, den ich fand ... für euch als Geschenk ... wegen der Krone ...!"

Die Königin antwortete: „So etwas Schönes sah ich noch nie zuvor in meinem Leben. Dieser Stein soll Teil meiner neuen Krone werden!"

Jarobus war noch immer ganz fassungslos.

Der Königliche Verwalter wippte erfreut mit seiner Haarpracht. „Natürlich, Eure Majestät. Ein Weihnachtswunder – Euch zu Ehren! Ein unscheinbarer Stein beginnt zu funkeln und glitzern, als er sich Euch zu Füßen legt!"

Man war begeistert! Jarobus wurde, wie versprochen, mit Gold überschüttet, bis man ihn nicht mehr sehen konnte!

Die Königin ließ sich alsbald eine neue, wunderschöne Krone anfertigen, die sie stolz am Heiligen Abend das erste Mal trug. Im ganzen Land und auf der ganzen Welt nannte man sie nur noch: Die Königin des edlen Steines.

Und die Zwerge?

Kleinlaut entschuldigten sie sich bei Jarobus dafür, dass sie ihn immer verspottet und unterschätzt hatten. Aber der kleine Zwerg war nicht nachtragend.

Gemeinsam kehrte man nach Zwergenland zurück und traf die letzten Weihnachtsvorbereitungen. Alle zusammen feierten ein wunderschönes Fest und waren recht guter Dinge. Immer wieder wollten die Zwerge von Jarobus hören, wie und wo er seinen Stein gefunden hatte.

Bald schon war aus dem kleinen Zwerg einer der gefragteste Zwerg überhaupt geworden. Jeder respektierte ihn nun und die Mütter erzählten ihren Kindern noch Jahrzehnte später die Geschichte von Jarobus und seinem edlen Stein, der an Weihnachten in der Krone der Königin zu glitzern begann.

Katja Schweder
Pfälzische Weinkönigin 2005 – 2006
Deutsche Weinkönigin 2006 – 2007

Weihnachtliche Katastrophen

Wenn ich an Weihnachten denke, habe ich den Geruch frisch gebackener Plätzchen, von Marzipan, Nüssen, Orangen und vielen anderen leckeren Sachen in der Nase, ebenso wie den Geruch von Tannenholz und manchmal auch von Schnee. Auch denke ich an die vielen schönen verstimmten Weihnachtslieder, die wir immer singen mussten. Am besten begleitet von meinem Bruder mit der Trompete, Mama an der Blockflöte und ich am Klavier.

Ich denke an schöne und lustige Erlebnisse, die ich an den Weihnachtsfesten mit meiner Familie hatte. Von einem dieser Weihnachtsfeste in meiner Kindheit möchte ich euch nun berichten.

Es war mal wieder soweit. Weihnachten stand vor der Tür. Die vierte Kerze des Adventskranzes war schon ein Stück weit abgebrannt.

„In zwei Tagen ist Weihnachten!", rief ich fröhlich meiner Familie zu, die schon am Frühstückstisch saß.

Mein kleiner Bruder fragte: „Wann ist in zwei Tagen?"

„Nur noch zweimal schlafen", klärte ich ihn geduldig auf. Ich hatte mich mittlerweile daran gewöhnt, dass er viele Dinge nicht sofort verstand. Er war halt noch zu klein.

„Bekomme ich dann die Modelleisenbahn, ein Bobbycar und ganz viele Süßigkeiten?", löcherte mein Bruder meine Eltern.

Meine Mutter lächelte geheimnisvoll. „Wenn du brav warst, erfüllt dir das Christkind vielleicht deine Wünsche. Aber du darfst nicht vergessen, dass es auch noch an die anderen Kinder denken muss. Da hat es nicht viel Zeit für jedes Kind. Warte mal ab, was es sich dieses Jahr für dich ausgedacht hat. Es wird dir bestimmt gefallen."

Mein Vater hatte die ganze Zeit schweigend danebengesessen. Nun schaltete auch er sich in das Gespräch ein.

„Was gibt es eigentlich zum Essen? Darüber haben wir dieses Jahr noch gar nicht gesprochen."

„Oh nein!", rief meine Mutter aus. „Ich wollte euch eigentlich fragen, ob ihr dieses Jahr mal was Besonderes essen wollt. Das habe ich durch den ganzen Stress total vergessen. In der letzten Woche waren so viele Leute da, die noch schnell Wein für Weihnachten kaufen wollten. Nun ist es aber viel zu spät, um noch etwas zu besorgen. Man bekommt doch so kurz vor Weihnachten kein Fleisch mehr."

Wir Kinder schauten uns erschrocken an. Auf das leckere Essen an Heiligabend freuten wir uns immer sehr. Oma hatte immer die Tradition gepflegt, dass es an Heiligabend Russische Eier mit Wurst- und Kartoffelsalat gab.

Meinem Vater kam die rettende Idee: „Wir machen einfach Pizza! Da kann man alles Mögliche drauf machen."

„Au ja!", schrien mein Bruder und ich wie aus einem Mund. Wir liebten Pizza und außerdem durften wir uns immer unseren Teil des Bleches selbst belegen. Das war sehr lustig, auch wenn mein Bruder dabei viel Sauerei machte und man ihm immer helfen musste.

So wurde es dann beschlossen.

Wir überlegten gemeinsam, was wir alles brauchten. Zum Nachtisch sollte es Vanilleeis mit heißen Himbeeren geben. Das war zwar mal ein ganz anderes Essen als sonst, aber wir freuten uns alle sehr auf das gemeinsame Kochen. Aber was würden Oma und Opa zur Pizza sagen?

Am nächsten Tag fuhr meine Mutter einkaufen, während wir mit meinem Vater zu Hause blieben.

Kurz danach klingelte es. Papas Freund stand mit einem Weihnachtsbaum vor der Tür. Zusammen bauten die beiden Männer den Weihnachtsbaum auf. Er war etwas größer als der im letzten Jahr, aber wir fanden ihn sehr schön. Ich holte sofort den Christbaumschmuck vom

Speicher. Wir Kinder schmückten immer zusammen mit unserer Mutter den Baum. Daraus wurde aber erst mal nichts.

Als meine Mutter nach Hause kam, sah man nur ihr entsetztes Gesicht: „Mein Gott, ist der riesig!"

Sie war anscheinend nicht so begeistert von dem schönen großen Baum wie wir. „Wie sollen wir den denn schmücken? So viele Kugeln haben wir gar nicht", klagte sie.

Wieder bewahrte mein Vater einen kühlen Kopf. „Lass mich mal machen. Das klappt schon. Fang du mal mit den Kindern an. Ich kümmere mich um den Rest."

Gesagt, getan. Wie jedes Jahr schmückten wir Kinder den unteren Teil des Weihnachtsbaumes mit Kerzen, Kugeln, Engeln, goldenen Tannenzapfen und Sternen und Mama stand auf einer Leiter und verschönerte die Spitze. Später kam sie dann zu uns und half uns mit der Mitte des Baumes, wo wir noch nicht ganz so gut drankamen. Als wir allen Schmuck im Weihnachtsbaum verteilt hatten, sahen wir, dass Mama recht hatte. Er sah zwar wie immer sehr schön aus, aber ein bisschen was fehlte doch noch zwischendrin.

Da kam aber auch schon Papa an. Er trug eine große Kiste und lächelte siegessicher.

„Was ist da drin?", fragte ich neugierig.

Mein kleiner Bruder und ich versuchten an die Kiste heranzukommen und sprangen vor ihm hoch in die Luft.

„Halt, nicht so stürmisch!", rief mein Papa. „So kann ich es euch doch gar nicht zeigen!" Mit diesen Worten stellte er die Kiste auf den Boden.

Was war das für ein Anblick! Papa hatte ganze Arbeit geleistet. Es hatte einfach unsere Kuscheltiere aus dem Kinderzimmer geholt und wollte damit die Dekorationslücken im Baum ausfüllen. Mit Feuereifer machten wir uns nun zu viert daran, den Baum zu Ende zu schmücken. Was war das für ein Anblick, als wir fertig waren. Mein Teddy Georg und meine Kuschelente Lisa sahen so toll zwischen den Tannenzweigen aus. So einen schönen Weihnachtsbaum hatten wir noch nie!

Der nächste Tag fing ganz entspannt an. Wie schon so oft hatten wir Kinder in der Adventszeit so viele Plätzchen gegessen, dass Mama lieber noch ein paar neue backen wollte. Mein Bruder und ich freuten uns sehr darüber. Wir halfen ihr immer gerne dabei. Da durften wir immer die Schüssel auslecken. So verbrachten wir den Morgen mit Plätzchen backen.

Als wir fertig waren, kam Papa in die Küche und wir bereiteten zusammen die Pizza für abends vor. Mama und Papa schnippelten die Zutaten für den Belag klein, während mein Bruder und ich den Teig rührten. Ich durfte das Rührgerät bedienen und mein Bruder schüttete die Zutaten in die Schüssel. Dabei wäre es noch fast zu einer kleinen Katastrophe gekommen. Unsere Eltern hatten uns zum ersten Mal alles ganz alleine vorbereiten lassen. So kam es, dass ich die Aufsätze des Rührgerätes nicht fest genug hineingedrückt hatte. Plötzlich merkte ich, dass es nicht so klappte wie bei Mamas Backkünsten. Ich nahm das Rührgerät aus der Schüssel und schaltete es aus. Leider genau in dieser Reihenfolge. So flog auf einmal der Aufsatz durch die Küche und landete auf dem Tisch genau vor Mama. Die erschrak fürchterlich. Dadurch zuckte Papa vor Schreck so sehr zusammen, dass er den Löffel in die Tomatensoße fallen ließ und diese hoch spritzte. Meine Mutter und ich waren wie gelähmt. Auf einmal fing mein kleiner Bruder zu lachen an. Das löste die Spannung. Wir alle lachten laut los und konnten lange nicht mehr aufhören. Mein Papa sah nämlich aus, als hätte er die Masern. Er hatte lauter rote und weiße Punkte im Gesicht. Da diese Punkte von der Tomatensoße und vom Plätzchenteig aber nicht nur in seinem Gesicht, sondern in der ganzen Küche verteilt waren, beeilten wir uns, die Vorbereitungen für das Abendessen fertig zu bekommen und die Küche zu säubern. Wir wollten ja auch in die Kirche. Zum Glück schafften wir es noch rechtzeitig.

Irgendwie kam mir dieses Jahr die Weihnachtsfeier in der Kirche noch schöner vor als sonst. Denn an Heiligabend gestaltet der Arbeitskreis „Kindergottesdienst" die Predigt und jeder durfte anschließend eine kleine Kerze mit nach Hause tragen. Diese trugen wir dann auf den Friedhof und wünschten der Uroma und Uropa auch „Frohe Weihnachten". Alles war so ruhig und besinnlich, dachte ich mir.

Doch schnell wurde ich in die Wirklichkeit zurückgeholt.

„Bekommen wir jetzt die Geschenke?", löcherte mein Bruder unsere Eltern. Ich war sehr verwundert. Die hatte ich dieses Jahr ganz vergessen. Nun war ich aber genauso gespannt und schaute, wie mein Bruder erwartungsvoll meine Eltern an.

„Ich denke nicht, dass das Christkind schon da war. Lasst uns doch zuerst essen. Dann hat es noch etwas Zeit", schlug uns Mama vor. Oma und Opa waren inzwischen eingetroffen.

Als Opa die Pizza sah, schob er seinen Stuhl zurück und erklärte bestimmend mit seiner tiefen Stimme: „Das esse ich nicht." Und dann fing er an über sein schlimmes Erlebnis in Paris am Eiffelturm zu erzählen, als er dort Pizza aß, die nur salzig, verkohlt und schlecht schmeckte. Meine Oma war ein wenig traurig, dass sie ihre Russischen Eier nicht bekam, aber da sie eine so gutmütige, liebe, alte Dame war, versuchte sie zu lächeln. Meine Bruder und ich setzten unseren schönsten Dackelblick auf und versuchten Opa zu überzeugen. Nach einer halben Stunde, als die Pizza fast kalt war, probierte er doch noch. Ihm hat es dann so gut geschmeckt, dass nichts mehr übrig blieb.

Nach dem Vanilleeis mit heißen Himbeeren wurde natürlich gesungen.

Da mein Bruder schnell zu den Geschenken übergehen wollte, sollten alle Instrumente gleichzeitig gespielt werden. Mama an der Flöte, mein Bruder mit seiner Spieltrompete und ich am Klavier. Papa, Oma und Opa sollten singen, aber soweit kam es nicht. Jeder wollte sich nur die Ohren zuhalten. Hartnäckig, wie kleinere Geschwister sein können, wurde die musikalische Zeremonie abgebrochen.

Papa hat das Glöckchen geläutet und nachgeschaut: Das Christkind war gekommen. Wir stürmten an den Weihnachtsbaum. Nun ging das Auspacken der Geschenke los, immer wieder unterbrochen durch Glücksschreie von mir und meinem Bruder. Für mich gab es einen Gameboy und für meinen Bruder eine Playmobil Ritterburg.

Die musste natürlich sofort aufgebaut werden, was wir alle auch gleich mit Feuereifer in Angriff nahmen. Wir lachten viel. Alles war lustig. Sogar meine Eltern blödelten herum, wie schon lange nicht mehr. Nebenbei naschten wir natürlich auch von den Weihnachtskeksen und den ganzen anderen Leckereien.

An diesem Abend fielen mein Bruder und ich todmüde ins Bett. So ein schönes Weihnachtsfest hatte ich noch nie erlebt! Schon während der ersten paar Sätze der Gutenachtgeschichte, die Mama uns vorlas, fielen mir die Augen zu und ich schlief ein. Bis in meine Träume hinein verfolgten mich die tollen Bilder des Tages.

Die Ritterburg gibt es noch heute und das Klavierspielen an Heiligabend hat sich in ein klassisches Konzert verwandelt, bei dem sich keiner mehr die Ohren zuhalten muss, aber den Weihnachtsbaum sucht seitdem immer meine Mutter aus.

Eva Vollmer
Rheinhessische Weinkönigin 2003 – 2004

**Making of a Christmas Story
Eine Rheinhessische
Wein-Nacht-Geschichte**

Wir befinden uns irgendwo in Rheinhessen. Es war dunkel. Es war kalt. Es war mal wieder Weihnachten ...

Nein! So fangen doch nur langweilige Geschichten an ... lass dir was Besseres einfallen, Vollmer!

Es ist aber auch ehrlich gesagt nicht einfach, Anfang April, genauer gesagt am Ostermontag, eine Weihnachtsgeschichte zu schreiben. Vor mir posieren die goldenen Lindt Osterhasen und vor lauter Langeweile bimmele ich alle fünf Minuten mit ihren Glöckchen ... Apropos Glocken – Weihnachtsgeschichte – komm schon, sei kreativ! Kreativ ist gut, so vollgefressen, wie ich gerade bin. Überfressen ist ein prima Stichwort – bin ich an Weihnachten auch immer.

Achtung! Die Geschichte beginnt:

Familie Maier saß am festlich gedeckten Tisch und es erklangen fröhliche Weihnachtslieder. Doch ein finsterer Schatten der vergangenen Tage lag über der feierlichen Stimmung ...

Ich muss jetzt erst mal die Tür zumachen. Wenn die Spatzen draußen so aufdringlich verliebt rumzwitschern, kann ich mich nicht auf „Oh du fröhliche" konzentrieren. Ob ich vielleicht 'ne Jingle-Bells-Musikkassette rauskramen sollte?

Ach nee ... heutzutage wäre das ja eher ein Best-of-Jingle-Bells-Soundtrack ...

So die Tür ist zu – und auch bei Familie Maier aus einem bekannten Meenzer Vorort war das 24. Türchen des Adventskalenders noch fest verschlossen. Warum?

Ja, warum fällt mir keine gute Geschichte ein?

Ich seh halt immer nur den Osterhasen mit einem roten Mäntelchen vor mir rumhoppeln, wie er krampfhaft versucht, alle Geschenke im Garten zu verstecken. Eier sind da in der Handhabung eben doch viel leichter als zum Beispiel das neue Fahrrad mit 24-Gang-Schaltung und gefederter Vorderachse für den Junior (mein erstes Fahrrad hatte einen Gang) und das zehnstöckige Barbie Puppenhaus für die kleine Susi, deren winzige Patschehändchen bis maximal zum sechsten Stock reichen (also mein erstes Puppenhaus … nee halt – ich hab nie mit Puppen gespielt). Das liegt wohl daran, dass mein Babba so gerne einen Bub zwecks Betriebsübernahme gezeugt hätte. Aber es hat sich dann nach dem zweiten „Anlauf" herausgestellt, dass er nur Mädchen kann. So hab ich schon immer mit Autos gespielt, Baumhäuser gebaut und Traktoren toll gefunden. Aber wen interessiert das eigentlich? Zurück zu Weihnachten:

Also die Maiers hatten das letzte Türchen deswegen vergessen zu öffnen, weil die kleine Susi eine schwere Lungenentzündung so kurz vor … ja, ich hab auch Halsweh! Ich glaub ich krieg 'ne Grippe – und das bei dem Wetter: 20°C und Sonnenschein. Konzentrier dich! Grippe … Krippe = Christuskind, Christuskind = Weihnachten.

Tagelang hatten sie um das Leben der kleinen Susi gebangt und alle Ärzte waren ratlos … das bin ich auch – ratlos! Warum fällt der Verlegerin dieses Buches eigentlich um die Osterzeit ein, dass so ein Weihnachtsgeschichtenbuch doch was ganz Tolles wäre? Ist es ja auch! Und in der Adventszeit wäre man als Autor ja in einer noch kniffligeren Situation gewesen. Zwar wäre man dann in perfekter Weihnachtsstimmung, aber eben auch unter unerträglichem Zeitdruck … und bis dann das Buch gedruckt gewesen wäre, hätten Sie es womöglich erst zu Ostern zum Lesen bekommen. Also besser so wie annerstrum (anders herum)!

Es hatte sich schon im Ort herumgesprochen, dass die vierjährige Susi es wohl nicht schaffen würde. Die frohe Weihnachtsbotschaft: „Es ward ein Kind geboren" könnte bei den Maiers umgekehrt traurige Familiengeschichte schreiben ...

Würde mir vielleicht eine vor-vor-weihnachtliche Selbsthypnose helfen? Ich versuch's mal: „Oooohm. Denke an Plätzchen. Oooohm. Du bist ein Rentier. Oooohm. Zimt, Zimt, Zimt, Zimt, Lamm, Osterlamm, Narzissen – Mist!" Es riecht sogar nach Ostern!
Jeder sorgt sich um die Feinstaubbelastung, doch wer misst eigentlich die gefährliche Osterluftverpestung in einem Ballungsgebiet von Weihnachtsgeschichtenautoren???
Kein Wunder, dass Hypnose nicht klappt, wenn so viele Frühlingsgefühle in der Luft liegen.

Doch dann geschah es: Das Wunder im Hause der Familie Maier ...
Langweilig! Jeder weiß es schon: Susi wird wieder, die Mutter ist noch mal schwanger und Vater Maier gewinnt im Lotto „zufällig mit" Susis Geburtsdaten ... Ende gut – alles gut!

Die besten Geschichten schreibt doch eigentlich das Leben – sagt jedenfalls meine Oma immer. Nur leider beherrscht „das Leben" nicht das Zehn-Finger-Tippsystem. Ich ja auch nicht, dafür aber das Zwei-Finger-Adler-Suchsystem. Also „das Leben" schreibt mir meine Geschichte wohl nicht, dann muss ich halt selbst ran.
So 'ne Oma macht sich eigentlich auch immer gut in einer Weihnachtsgeschichte: Omas, Tiere, Kinder und Wunder eignen sich bestens zur Aktivierung von Tränendrüsen, Kinderherzen und Weihnachtsromantik. Aber es war doch alles schon mal da gewesen.
Die Klassiker halt: Nussknacker; Mädchen mit Zündhölzern; Jesuskind im Krippchen; Ochs und Esel; drei Könige, die heilig sind ...
Und dann hat sich auch noch der ganze „amerikanische Mist" in unsere Deutschen Kinderzimmer eingeschlichen: Der grüne Grinch; Rudolph das Rentier; Die Geister, die ich rief; A nightmare before christmas ...

Aber ich darf gar nichts sagen, von wegen Mist und so. Mein vergangenes Weihnachten habe ich in Amerika, Kalifornien, verbracht. Es war das unchristlichste und unweihnachtlichste Weihnachten meines Lebens – und doch irgendwie eines der Schönsten! Gilt das, wenn ich einfach davon ein bisschen erzähle? Ach was! Künstlerische Freiheit nennt man so was!

Zur Vorgeschichte: Wenn man wie ich Weinbau studiert, muss man auch in der Praxis Erfahrung sammeln. So verschlug es mich im Herbst 2006 auf ein Weingut in Kalifornien – man gönnt sich ja sonst nichts. Dies sollte neben vielem Weinmachen nach Jesus-Art (der wusste, wie man aus Wasser Wein macht!) auch Erfahrungen in Sachen: „Weihnachten woannerst" bringen.

Schon einen Tag vor Weihnachten die große Überraschung: Mein Auto blieb auf dem Highway liegen. Sollten sie jemals das Vergnügen haben in Amerika kurz vor Weihnachten einen Abschleppdienst bestellen zu müssen, können sie sich auf was gefasst machen: „O-Tannenbaum-Warteschleifen" von bis zu dreißig Minuten sind da keine Ausnahme!
    Mit weniger Geld für Geschenke, dafür aber einem frisch abgeschleppten Wagen, empfing ich dann meine Schwester in San Francisco. Sie besuchte mich über die Feiertage, inklusive Rundtrip durch Kalifornien. Sie hat mich sehr vermisst. Doch noch mehr vermisste sie ihren Koffer, den die Fluggesellschaft in London vergessen hatte. Wir haben dann gezwungenermaßen, quasi schwesterlich meine Sachen geteilt. Nicht so schlimm: Zehn Tage später sollte sie ihren Koffer wiederbekommen, kurz bevor wir die Unterhosen hätten wenden müssen ... An dieser Stelle muss man überlegen, ob uns das Schicksal härter getroffen hatte, als vielleicht die kleine Susi aus der ersten Geschichte ...

Zurück zu Weihnachten, immer bei der Sache bleiben!
    Es wollte einfach nicht Weihnachten werden. Kein Wunder bei 22°C (ja +), Weihnachtsbäumen aus Plastik, süüüüßen Weihnachtsplätzchen mit giftgrüner und pinker Glasur, kitschig geschmückten Häusern mit

blinkenden Santa Klausen und automatisch galoppierenden Rentieren und Schoßhündchen mit Nikolauskappen.

Auch fehlte mir die übliche deutsche Weihnachtsstimmung: Wie siehst denn du aus? Zieh dir was Ordentliches an! Willst du so in die Kirche gehen? In fünf Minuten klingelt de Parre (Pfarrer)! Was mache mer mit em Hund? Der wird doch net in die Wohnung pingele?! Gleich bleibe mir all deheim! Jedes Jahr es selbe mit euch! ...

So oder so ähnlich friedlich läuft das jedes Jahr bei uns zu Hause ab (Ich denke/hoffe, das ist nicht nur im Hause Vollmer so).

In Amerika läuft das jedenfalls alles ganz locker, lässig ab. Wir haben uns da angepasst: Party statt Kirche, Wein statt Beten, Hamburger statt Weihnachtsgans. Schande über mein katholisches Haupt! Auch die meisten Geschenke blieben aus. Denn die waren ja in London, in dem Koffer meiner Schwester. Ich sah schon die Queen und ihre Bobbys vor mir, wie sie schadenfroh meine Weihnachtsgeschenke auspacken ... God Save the Queen!

Am zweiten Weihnachtsfeiertag ging dann unser Trip los. Erstes Ziel: ausgerechnet Las Vegas – Stadt der Spieler und Sünder. Eine bunte Glitzerwelt, die an alles erinnert, außer an ein frommes Weihnachtsfest. Um doch noch etwas Christliches zu tun, blätterte ich interessiert in der Bibel neben dem Bett in unserem Hotelzimmer. Auf der Seite wo Matthäus sein „Gleichnis vom anvertrauten Geld" (25,14-30) niedergeschrieben hatte, erblickte ich einen Fünfzig-Dollar-Schein. Den hatte wohl jemand als Lesezeichen verwendet.

Göttliche Fügung? Schicksal? Oder der hinterhältige Versuch Eva zu einer Sünde zu verlocken, um sie dann aus dem Paradies zu verstoßen?

Die Gruppe beschloss dann einstimmig, dass Gott uns das Geld zum Verspielen hinterlegt hatte. Und so geschah es dann auch.

Um die Zeit, wenn wir zu Hause normalerweise festliche Weihnachtslieder bei der Familie väterlicherseits anstimmen, erklangen die Spielautomaten: „Stille – biep – Nacht – biep – Heilige – biep, biep – Nacht – ding, ding, ding – u.s.w. ... Gewonnen habe ich nix, aber auch nicht allzu viel verloren.

Dafür habe ich umso mehr an Erfahrung gewonnen.

Weihnachten ist das Fest der Familie überhaupt – weiß doch jeder. Dennoch ist es im Prinzip jedes Jahr das Gleiche (Alle Jahre wieder …). Essen, Kirche, Stress, Verwandte abklappern, Singen, Geschenke auspacken, feststellen, was man schon hat oder was man überhaupt nicht braucht, der Hund schmeißt den Baum um, weil er sich so freut, die Heiligabend-Würstchen platzen auf, die Schwester spielt Klavier (das wie jedes Jahr verstimmt ist) und am 26.12. so gegen Abend muss man sich beim Setzen den obersten Knopf der Hose öffnen.

Mein Weihnachten – so wie ich es mag! Doch nicht nur Familie, sondern auch die engsten Freunde zählen an diesem Fest. Das hab ich ja schon immer gewusst, doch jetzt weiß ich's ganz sicher. Denn auch tausende Kilometer weg von zu Hause gibt es Menschen, die man liebt und schätzt und deren Anwesenheit einen an Weihnachten erinnern. Denn, wenn auch die eigenen Taten nicht immer ganz so weihnachtlich sind, bleibt es um diese Zeit im Herzen doch immer noch Weihnachten.

Christmas 2006 war für mich ganz einfach ein „anders schönes Weihnachten"!

So ein „anders schönes Weihnachten" kann ich jedem nur mal für zwischendurch empfehlen. Man kommt raus aus dem Trott, merkt aber gleichzeitig, dass dies ein unglaublich wichtiger und schöner Trott ist, der einfach dazugehört.

Puh! Da hab ich ja gerade noch mal so die Weihnachtskurve gekratzt. Gott sei Dank!

Das war jetzt nicht wirklich „die" typische Weihnachtsgeschichte, wie man sie sich eigentlich vorstellt. Tschuldigung - bin eben etwas abgeschweift. Aber es war das, was mich so bewegt hat an dem viel zu warmen, viel zu sündigen, viel zu kitschigen, unweihnachtlichen Weihnachten 2006. Im nächsten Jahr wird's sicher wieder etwas „O du fröhlicher" – versprochen!!!

In diesem Sinne Mary Christmas – Frohe Weihnachten

An Oma:
Der Inhalt dieser Geschichte ist natürlich komplett frei erfunden. Es ist nicht so, wie du jetzt denkst – natürlich war ich an Weihnachten in der Kirche und nicht in irgendeiner Spielhölle. Ich habe absichtlich alles maßlos übertrieben, damit die Leut was zu lachen haben!!!
Deine brave Enkelin

P. S. Und danke noch mal für den Osterhasen!

Eva Wendel
Weingräfin des Leiningerlandes 1997 – 1998
60. Pfälzische Weinkönigin 1998 – 1999

**Dann kam ein Engel
vom Himmel herab …**

Vera schaute von ihrem Buch auf die Uhr hoch. Eigentlich nicht, weil sie wissen wollte, wie spät es war, sondern weil sie dieses Buch eher langweilte als unterhielt. Sieben Uhr stellte sie fest, erst sieben Uhr. Sieben Uhr, Heiligabend.

„Wie nüchtern man doch diesen Abend begehen kann", dachte sie, während sie kurz gähnte. Nein, sie war nicht einsam, aber zum ersten Mal, seit sie Weihnachten alleine verbrachte, fühlte sie sich auch so – alleine. Seltsam, denn sie vermisste nichts. Sie erinnerte sich, wie sie empfand, damals vor drei Jahren, als ihr Sohn mit seiner Familie nach Amerika gezogen war und sie ihren ersten familienfreien Heiligen Abend feiern musste oder durfte.

Nach anfänglichen nostalgischen Weihnachtsabendgefühlen fing sie an die Situation zu genießen. Kein umfangreiches Weihnachtsbaumschmücken, keine Essensvorbereitungen, kein lästiges Aufräumen nach der Bescherung und vor allem keine alternative Schwiegertochter, die ständig etwas bei ihr fand, was umweltfeindlich, gar lebens- oder menschenverachtend war.

Sie wusste auch nicht, warum Klaus, ihr Sohn, ausgerechnet an Monika hängen blieb. Vielleicht waren das die berühmten Gegensätze, die sich anzogen. Er, der sich nie um irgendwelche Umweltprobleme scherte, und sie, die sich die bedrohte Umwelt sozusagen zur Lebensaufgabe machte. Mittlerweile befand sich auch Klaus auf der Seite der Hilflosen und Unterdrückten und verlieh seinem Unmut Ausdruck über Veras echte Teppiche, die sie überall rumliegen hat. „Kinderarbeit," meinte er, „du unterstützt die Ausnutzung der Kinder …"

Vera seufzte und gestand sich ein, dass sie tatsächlich beim Kauf der Teppiche keinem Gedanken an die Kinderarbeit verschwendet hatte. Aber nun lagen sie halt hier, wenn sie sie wegwerfen würde, wäre auch keinem Kind geholfen. Also, was soll´s?

Sie stellte sich vor, was ihr Mann sagen würde, wenn er noch lebte, und musste grinsen.

Albert, der Genießer und Monika, die umweltschützende Vegetarierin, das wäre nie gut gegangen. Er hätte sicher was dagegen gehabt, wenn man ihm am Heiligen Abend statt des geliebten Gänsebratens nur Salate und Tofuschnitzelchen vorgesetzt hätte.

Eigentümlicherweise aß Monika Schnecken. „Schnecken sind wie Garnelen, die geben nix", meinte sie damals gereizt, als Vera sie fragte, warum sie ihr Vegetariergelübde gerade bei Schnecken brach. Oder sagte sie: „Schnecken und Garnelen geben sich nix"? Vera wusste es nicht mehr so genau. Sie verstand weder die eine, noch die andere Begründung und fragte auch nicht weiter nach. Erstens, weil es sie nicht sonderlich interessierte, ob Schnecken und Garnelen sich was geben bzw. überhaupt etwas geben oder nicht und zweitens, weil sie Angst vor Monikas langen ausführlichen besserwisserischen Erklärungen hatte.

Vera atmete tief durch und dachte: „Ich bin froh, dass ich sie heute nicht ertragen muss." So sehr sie ihren Sohn und ihren Enkel auch liebte, aber diese ihrer Art fremden Zugeständnisse, die sie andauernd machen musste, fielen ihr von Mal zu Mal schwerer; da überdies ihr Enkel auch noch auf den Namen *Lohengrin* hörte.

Vera fröstelte bei dem Gedanken daran ... Lohengrin. Sie weigerte sich nach wie vor, diese Bezeichnung für ihr Enkelkind zu akzeptieren. Ihr Entsetzen von damals hatte sich nur wenig gelindert, als die stolzen Eltern ihr, der ebenso stolzen Oma, den Namen offerierten, und sie schämte sich heute noch zu antworten, wenn sich jemand teilnahmsvoll nach dem Namen des Enkelkindes erkundigt. Gott sei Dank heißt er auch noch Claus, sodass sie gewöhnlich erwidert: „Eigentlich, wie der Papa, Claus, nur mit C!"

Naja, sie wohnen ja weit genug weg, sodass diese kleine Notlüge wohl nie so richtig aufgedeckt werden würde. Ja, Monika ist zu alledem auch noch Wagnerianerin. Das nächste Kind wird wohl Parsifal oder Elsa heißen, je nachdem, was es gibt, Junge oder Mädchen. Doch das wäre ja alles noch zu verkraften, aber Lohengrin? Lohengrin toppt alle Namen, die jemals an einen lebenden Menschen vergeben wurden. Armer Junge!

Vera schüttelte sich, als wollte sie die Gedanken verjagen. Sie nahm ein Streichholz und zündete die große rote Kerze an, die vor ihr auf dem Tisch stand, damit wenigstens ein bisschen Weihnachtsstimmung aufkommen sollte.

Dabei ertappte sie sich schon zum wiederholten Mal heute, dass sie leise die erste Zeile eines ihr ansonsten sehr fremden Liedes sang. Nicht „Stille Nacht" oder „Es ist ein Ros´ entsprungen", was für diesen Tag angemessen gewesen wäre, nein, sie sang langsam und immer wieder: „Dann kam ein Engel vom Himmel herab…" Da sie dieses Lied ja nicht weiter kannte, sang sie halt immer die erste Zeile. Sie ärgerte sich darüber, dass nun dieser Ohrwurm sie befallen hatte, für den, so erinnerte sie sich, die sogenannten *Amigos*, von denen sie bisher auch noch nie etwas gehört hatte, seit Wochen im Fernsehen Reklame machten.

„Schon raffiniert diese Schnulzensänger", ging es ihr durch den Kopf, „machen solange auf sich aufmerksam, bis selbst ich, als eingefleischte Klassikliebhaberin, diesen abgrundtiefen Quatsch nachsinge. Egal", sinnierte sie weiter, „heute ist Weihnachten und jeder soll singen dürfen, was und wie es ihm beliebt. Schließlich kommt ja auch ein Engel in dieser Zeile vor, stellte sie zynisch fest, „und dann passt das ja … irgendwie."

Vera musste über ihre Gedanken lachen und machte sich auf den Weg in den Keller, um eine Flasche Wein hochzuholen. „Ein Schlückchen in Ehren …", dachte sie gut gelaunt und begann schon wieder zu singen: „Dann kam ein Engel vom Himmel herab…" Mit Wein kannte sie sich nicht so gut aus und deshalb schnappte sie sich die erste Flasche, die sich ihr bot, und stieg langsam wieder die weiße Marmortreppe hoch. Dabei schaute sie mehr oder weniger beiläufig auf das Etikett. „Ach Gott!", entfuhr es ihr, als sie sah, was darauf stand. Sie vergaß ihre Kinder und den Engel, der dann vom Himmel herabkam, und las voller Interesse:

Weißburgunder
– trocken –
Weingut Frederic von Wondul und Sohn

„Ausgerechnet diese Flasche musste es nun sein", durchfuhr es sie fast ärgerlich und sie dachte daran, wie sie dieses Ekel Frederic von Wondul im Internet kennengelernt hatte.

Sie waren zufällig beide in einer kleinen Community angemeldet, in der jeder jeden vom Nicknamen her kennt und jeder jedem bestimmt auch mal in den Foren begegnet war.

Dieser Frederic, er nennt sich Vreric (das V wahrscheinlich um das „von" in seinem Namen zu betonen) fiel ihr schon mehrmals durch seine engen, nahezu fundamentalistischen, religiösen Ansichten unangenehm auf. Jeden, der es wagte, ihm zu widersprechen, griff er in unhöflicher, beleidigender Weise an, sodass man es schnell aufgab, ein Gespräch mit ihm fortzusetzen. Vera hatte diesbezüglich auch schon ihre einschlägigen Erfahrungen gemacht.

Als sie ihm im Chat ihren Missmut hierüber kundtat, bedauerte er dies offenbar sehr und erbat ihre Adresse, um ihr als Entschuldigung eine Flasche Wein aus seinem Weingut zukommen zu lassen. Ganz entgegen ihren Prinzipien, nie nähere Angaben über ihre Person zu machen, gab sie ihm damals bereitwillig ihre Adresse. Sie verstand selbst nicht warum, aber sie vertraute ihm. Wahrscheinlich, weil er ihr vorher glaubhaft über sich und seine Familie erzählt hatte und sie empfand, dass er im Grunde seines Herzens ja gar nicht so eklig war, wie er sich gegeben hatte. Er habe drei Kinder und nach dem Weinbaustudium das Gut seines Vaters übernommen. Vor seiner Heirat sei er ein Filou gewesen, dem nichts heilig war und schon gar nicht die Religion. Durch seine Frau habe er zum katholischen Glauben gefunden und sehe in ihm die Erfüllung. „Das erklärt einiges", dachte sie lakonisch: „Nichts schlimmer und verbohrter als die ehemalig verlorenen Schäfchen, die zum guten Hirten zurückgefunden haben."

Irgendwie beneidete sie ihn jetzt ein bisschen. Sie stellte sich vor, wie er nun mit seiner katholischen Frau und seinen katholischen Kindern

Plätzchen essend unter dem Tannenbaum saß, Weihnachtslieder sang, Sekt trank und Geschenke auspackte.

Und schon zum zweiten Mal an diesem Abend fühlte sie sich allein. So beschloss sie, obwohl sie wusste, dass sich wohl kaum einer am Heiligen Abend in eine Internet Community verirren würde, sich dort einzuloggen.

Sie traute ihren Augen nicht, als sie las: *Online: Vreric*

„Was tust du denn hier"?, schrieb sie ihn an, doch anstatt einer Antwort erhielt sie eine Einladung in den Chatraum: *lonesome holy night*

Nun entwickelte sich folgendes Chatgespräch:

Vreric: Hallo Arev (Veras Nickname)

Arev: Hallo Vreric, was tust du denn hier heute, solltest du nicht bei deiner Familie sein?

Vreric: Ich bin nicht der Vreric, den du vermutest, ich bin der Vater.

Arev: Was?

Vreric: Ja

Arev: Und wieso bist du nicht bei deinem Sohn und seiner Familie?

Vreric: Die sind zum Skifahren nach Davos. Ich habe mich hier eingeloggt, in der Hoffnung, dich hier zu treffen.

Arev: Mich? Aber du kennst mich doch gar nicht.

Vreric: Besser als du denkst. Mein Sohn chattet nicht. Er schreibt nur in den Foren. Also immer, wenn du mit Vreric gechattet hast, dann war das ich. Du erzähltest von dir und ich von meinem Sohn, der übrigens Valentin heißt, daher das „V" in seinem Nick. Tut mir leid, wenn ich dich getäuscht habe ...

Arev: Sorry, aber ich bin total verwirrt ... Dann warst du das, der sich bei mir entschuldigt und mir die Flasche Wein geschickt hat?

Vreric: Ja. Ich würde dich gerne näher kennenlernen, Vera. Mir gefallen deine Kommentare in den Foren und die Chatgespräche mit dir habe ich immer genossen. Auch, wenn du meintest, ich sei mein Sohn und daher oft sehr ungnädig mit mir umgegangen bist. *g*

Arev: Woher weißt du, dass ich Vera heiße? Tut mir leid, ich bin immer noch ganz daneben ...

Vreric: Ich weiß sogar, wo du wohnst, nämlich nicht weit von mir. Nachdem mein Sohn das Weingut übernommen hat, bin ich in meine Stadt-

wohnung gezogen, in der ich in Ruhe meiner Arbeit als Autor nachgehen kann.
Arev: Als Autor? Ich dachte, du bist Winzer?
Vreric: *lach* ja, das war ich auch mal, aber eigentlich war das nie meine Berufung. Ich musste damals den Betrieb meines Vaters übernehmen, obwohl ich mich eigentlich viel lieber meinen germanistischen Studien gewidmet hätte. Promoviert habe ich über Rilke und seine Beziehung zu Frauen.
Arev: Du siehst mich sprachlos. Wenn du schon soviel über mich weißt, dann weißt du vielleicht auch, dass ich bis letztes Jahr im hiesigen Gymnasium Deutsch unterrichtet habe.
Vreric: Auch das ist mir bekannt. ☺ Vera, aber anstatt hier rumzusitzen, könnten wir uns, da wir ja beide nix Besseres vorhaben, nachher an der St. Paulus Kirche treffen und gemeinsam die Christmette besuchen. Du würdest mir damit ein wunderschönes Weihnachtsgeschenk machen.
Arev: Gott sei Dank siehst du nicht, wie ich gerade rot werde. ☺ Einverstanden, ich werde um halb zehn vor der Kirche sein. Aber, wie werde ich dich erkennen?
Vreric: Du wirst mich erkennen an meinem Ernste! ☺
Arev: Rilke ☺
Vreric: Erraten ☺ bis gleich, ich freu mich!
Arev: Bis gleich, ich freu mich auch!

Mit zittrigen Fingern schaltete Vera den Computer aus und ging wie in Trance in ihr Schlafzimmer um sich umzuziehen. Sie zwickte sich in den Arm, um sicher zu sein, dass sie nicht träumte. „Wer hätte das je gedacht", sann sie nach ... Herr Frederic von Wondul, Weinbauer, Germanist, Rilke-Spezialist und Frau Vera Manger gehen gemeinsam zur Christmette. Vielleicht gibt es sie doch – die Weihnachtswunder –?"

Vera lächelte und als sie das Haus verließ, sang sie leise vor sich hin: „Dann kam ein Engel vom Himmel herab ..." und sie war sich sicher, den Sinn dieses Textes, den sie vorher als abgrundtiefen Quatsch abgetan hatte, nun verstanden zu haben.

Susanne Winterling
Pfälzische Weinkönigin 2006 – 2007

Jetzt knallen die Korken!

Weihnachten. In manchen Ländern ist es heiß und man benutzt vielleicht eine Palme als Tannenbaumersatz. Andere wiederum haben es kalt. Die Landschaft ist weiß, vom Schnee bedeckt ... in der Pfalz kann man eigentlich nie so genau abschätzen, wie das Wetter spielt. Die Region ist in ihrer Einzigartigkeit und ihrem Facettenreichtum unschlagbar. Vielleicht hat man am 24. Dezember noch die letzten Rosen zur Dekoration, ein schmuddeliges Wetter oder eben doch ein paar Schneeflocken??!
    Doch letztlich ist das Wetter Nebensache. Naht bei uns die Weihnachtszeit, gehen die Reben in die Winterruhe. Die Arbeit im Feld wird für kurze Zeit eingestellt und weicht dem Weihnachtsgeschäft, denn das kann beginnen!

Und da ist die ganze Winzerfamilie gefragt. Traditionell gibt es als kleines Dankeschön für unsere Kunden die Austernparty. Da wird geschlürft und probiert, kein Auge bleibt trocken! Die Post geht ab! Für ruhige vorweihnachtliche Besinnung ist hier kein Platz! Adventssamstag für Adventssamstag werden die Korken knallen gelassen. Und wenn dann wieder eine Kerze mehr am Adventskranz aufleuchtet, zählt man eigentlich nur die nicht brennenden und denkt sich: So schnell vergeht die Zeit!
    Die berauschende Hektik, dass es einfach immer was zu tun gibt, führt schließlich dazu, dass der Weihnachtsbaum manchmal erst am Heiligabend ausgesucht wird. Dann kommt weihnachtliche Stimmung auf. Meine zwei Brüder und ich ziehen los, während Mama und Papa die köstlichen Vorbereitungen treffen, damit die ganze Familie am Abend auch was zu Schlemmern hat. Natürlich ist unser Weihnachtsbaum

dann entweder besonders krumm, oder zu groß und die Spitze muss abgesägt werden, oder er ist so struppig, dass wir ihn später im Wohnzimmer beim Aufstellen dreimal um die eigene Achse drehen, bis wir endlich die schönste Seite zum Vorzeigen auserkoren haben.

Und dann ist es Zeit! Die Weihnachtsstimmung der Familie ist in vollem Gange. Im ganzen Haus riecht es nach leckerem Essen, die Oma aus Klingenberg ist mit vielen, vielen diversen Plätzchen angereist und in regelmäßigen Abständen hört man immer wieder ein leises „Plopp", denn insgeheim feiern wir ja die „Weinnacht".

Weil sowieso nie Zeit zum Geschenkekaufen ist und man vielleicht auch aus dem Alter herauswächst, unterliegt diese Nacht jedes Jahr einem anderen Thema. Dieses Mal haben sich meine Brüder etwas Besonderes von unseren Eltern gewünscht und eine kleine Champagnerprobe organisieren dürfen. Champagner, ein absolut betörendes Getränk. Natürlich ist man als echter Pfälzer, so wie wir es sind, patriotisch. Gerade wenn es um den edlen Rebensaft geht. Wer einmal in den Genuss Pfälzer Weine, Sekte oder Crémants gekommen ist, weiß das zu schätzen! Aber vielleicht gerade deshalb war es für uns Liebhaber ein Erlebnis der besonderen Art. Denn man muss ja mal gucken, was die im Nachbarland so treiben!

Mit gierigen Blicken und voller Erwartungen werden die Flaschen im Kühlschrank immer wieder kontrolliert, ob sie noch da sind, dass auch niemand Schwäche zeigt und vor dem Essen eine plündert. Die Willenschwächste ist wohl meine Mutter.

„Jetzt Stefan, Sebastian", spornt sie meine beiden Brüder an, „macht doch mal eine Flasche auf! Als Apéritif!"

Und als hätte sie einen Rundruf durch die ganze Familie geschaltet, schneit auch schon mein Opa mit Oma im Schlepptau ein. Dem Aufruhr kann man sofort entnehmen: Da kommen noch mehr! Tante, Onkel und ihre zwei Zwerge ... die Feier kann beginnen und die erste Flasche ist auch schon geköpft! Jetzt ist Weihnachten!

Proportional zur Zeit füllen sich die Bäuche am Tisch. Jeder ist eigentlich schon pappsatt, sollte auch besser nicht mehr Champagner konsumieren, doch die spürbare Euphorie ist einfach beflügelnd!

„Mensch Babbe", mosert meine Oma liebevoll mit ihrem Mann, „muss des donn immer seu??!"

Der grummelt nur zufrieden und genehmigt sich noch einen Schluck aus dem Sektglas, um seine Frau noch ein wenig mehr zu ärgern.

Die steht schon auf, um ein paar Teller wegzuräumen und nörgelt dabei weiter: „Ich sehs schun kumme! Vor lauder, lauder schloftscht du mer speder in de Kärch widder eu!"

Am Tisch bricht verhaltenes Gelächter aus. Jedes Jahr das gleiche Spiel.

„Ben! Anna! Gehen ihr do vun demm Vorhang weg!!", meine Tante hat mit ihren Kindern alle Hände voll zu tun. Die zwei Racker sind die ganze Zeit aufgedreht um den Tisch gerast, um jeden mit ihren Neckereien zu beglücken. Doch jetzt hat der schon lange so verführerisch winkende Vorhang ihr Interesse geweckt. Ich kann ihnen nachempfinden. Wie überaus prickelnd diese Vorfreude auf die Geschenke doch immer war! Und um diesem Mysterium noch mehr Kraft zu verleihen, wird unser Wohnzimmer mit dem darin stehenden Weihnachtsbaum am 24. immer verhüllt. Kein Kind darf es bis zur Bescherung mehr betreten.

Kerzen werden angezündet, der Baum leuchtet in voller Pracht und die selbst gebaute Krippe meines Opas erscheint in einem wunderbaren Licht, sodass man manchmal zu sehen glaubt, wie sich Maria und Josef mit dem Jesuskind darin bewegen. Nie ist der Raum so magisch, wie zur Weihnachtszeit.

Anna und Ben versuchen jetzt jeden Schlitz im Vorhang auszumachen, um vielleicht sogar hindurchschlüpfen zu können. Auch wenn man mit den Jahren mehr und mehr Skepsis entwickelt, ob es denn das Christkind wirklich gibt: Die Ohren sind immer gespitzt und lauschten auf das heiß ersehnte Klingeln hinter den Kulissen. Das Klingeln des Christkinds, das nur eines bedeutet: Es kann losgehen, das Wohnzimmer wird gestürmt! Der Vorhang fällt, die Zeremonie kann beginnen!

Aber auch dann ist es erst einmal mit Sattsehen getan. Denn ohne Singen und anschließendes Gebet geht gar nichts! Sobald Opa mit voller Inbrunst das erste Lied anstimmt, hält es niemand mehr aus. Meine Brüder müssen sich zusammenreißen nicht laut loszulachen, während Papa und Mama versuchen die ganze Angelegenheit mit strengen Blicken zu würdigen. Dabei wissen wir genau: Auch ihnen fällt es schwer, nicht in ein amüsiertes Lachen zu versinken.

Wenn dann „Stille Nacht, Heilige Nacht", „Oh Tannenbaum" und als absolutes Highlight „Oh du fröhliche" der persönlichen Familienvertonung standgehalten hat, wird es dann doch besinnlich. So sehr, dass sogar die Kleinsten unter uns innehalten, um den Lauten der anderen zu lauschen. Niemand kann das „Ave Maria" und „Vater unser", so schnell und gut beten wie meine zwei Omas. Wenn ich dann einen Blick in die Runde werfe, um nach und nach jedes einzelne Familienmitglied zu betrachten, kann es keinen glücklicheren Moment geben.

Auf dem Regal steht das Bild meines verstorbenen Opas und es scheint mir immer so, als würde er uns von dort oben beobachten. Auf dem Teppich knien leise die Kinder, ihre Blicke fest auf die Geschenke unter dem Weihnachtsbaum gerichtet, wir anderen sehen starr vor uns hin. Vielleicht würde ein Außenstehender dieses Bild als traurig bezeichnen, gerade wenn dem einen oder anderen kleine Tränen in die Augen schießen. Dabei gibt es für uns alle kein größeres Geschenk. Die Gedanken sind frei. Wie wird es wohl in ein paar Jahren sein? Wie wird sich diese Familie entwickeln und wie schön es doch ist, dass man sich hat. Die ein wenig stressigen vergangenen Tage sind wie ausgeblendet. Das Jetzt und Hier zählt!

Mit dem „Amen" ist der Startschuss gefallen und die folgenden Stunden sind ausgelassen. Das Papier der verpackten Geschenke fliegt durch die Gegend, der Hund freut sich über ein paar Knochen und die Kinder sind wie immer übermannt von der Flut der Eindrücke, welche die vielen diversen und bunten Spielsachen bei ihnen hervorrufen. Zwischendurch höre ich immer wieder meine Brüder Stefan und Sebastian mit den anderen über die verkosteten Champagner diskutieren: „ Ja, also gud waren se schun ...! "

Irgendwann brechen wir auf, um in die Kirche zu gehen. Was für mich und meine Brüder dann heißt: Freunde treffen, ein wenig feiern und sich austauschen, wie dieses Jahr das familiäre Weihnachten war. Wie überrascht man dann ist, dass schon wieder ein Jahr vorüberging, und wie wird es wohl das nächste Mal sein, wenn wir die Geburt Jesu zusammen feiern, um gleichzeitig unsere Familie hoch leben zu lassen?!

Jeder freut sich auf das nächste Weihnachten. Mein kleiner Cousin und die kleine Cousine vielleicht wegen der vielen Geschenke. Bei mir ist es dieser Moment mit der Familie, der mich so glücklich sein lässt. Der Moment, wenn zwischen all dem ausgelassenen Gelächter wieder die Korken knallen, es laut „Plopp" macht und die ganze Familie am Tisch sitzt und sich zuruft: „Zum Wohl!"

Angela Zuck
Naheweinkönigin 2004 – 2005

**Das Wunder der ersten Weihnacht
auf dem Lande**

Es ist ein verschneiter Morgen, mitten im Dezember. Das Dörfchen Burghausen liegt bereits unter einer weißen Schneepracht. Der Kirchturm überragt alle Häuser. Links neben dem Ort liegt ein weiter See, der langsam anfängt am Ufer eine dünne Eisschicht zu bilden. Die Bäume sehen ohne Blätterkleid gar nicht so tot aus, wie noch zwei Tage zuvor. Der Schnee hat diese schon beschlagnahmt und verleiht ihnen einen wunderbaren Glanz im aufgehenden Sonnenlicht. Auf der anderen Seite des Dorfes ragen hohe Berge gen Himmel. Die Spitzen verschwinden in den Wolken.

Während der Schnee langsam alles unter sich vergräbt, sitzen die Schüler in der Grundschule des Dorfes. Im Klassenzimmer ist es gemütlich warm, die Klasse wird noch von einem Holzofen beheizt. Aber nicht, weil man sich keine Heizung leisten könnte, sondern aus reinem Wohlfühlklima zum besseren Lernen. So hört man in regelmäßigen Abständen ein leichtes Knistern des Holzes.

An diesem Morgen will Elise Himmel mit ihren Kindern eine Geschichte lesen, damit die weihnachtliche Vorfreude noch größer wird, als sie bisher schon ist. So sitzen an diesem Morgen zwanzig Schüler in der dritten Klasse und freuen sich alle schon auf das Christkind, das in acht Tagen kommen wird. Doch die Lehrerin schafft es nicht die Schüler zu beruhigen, denn die Aufmerksamkeit hängt am Fenster auf der linken Seite des Raumes. Aus dieser Richtung kommen einige unerklärliche Geräusche, die durch die geschlossenen Fenster dringen. Elise Himmel schaut auch in diese Richtung und bewegt sich langsam auf das Fenster zu, um sich selbst von dieser Geräuschquelle zu überzeugen. Sie hat fast das Fenster erreicht, um hinaussehen zu können, da bricht unerwartet die ganze Klasse in schallendes Gelächter aus. Die Lehrerin macht vor lauter Schreck wieder einen Schritt zurück. Die Schüler finden es nur allzu komisch, wie sie sich wie ein kleines Kind auf Zehenspitzen zum Fenster schleicht. Jetzt ist sie immer noch nicht schlauer, was das Geräusch betrifft.

Als sie erneut einen Versuch unternehmen will, klopft es plötzlich an die Tür und ein kleiner Junge, ganz bedeckt mit der weißen Pracht, tritt durch die Tür ohne auf ein „Herein" zu warten. Er schaut ganz verschmitzt in die Klasse und sagt überaus selbstsicher: „Hallo, ich bin David und bin der Neue."

Alle in der Klasse schauen ihn erstaunt an und Frau Himmel fasst sich als Erste wieder. Sie geht auf David zu und stellt sich ihm vor: „Hallo David. Ich bin deine Lehrerin Elise Himmel und wir alle freuen uns, dich in unserer Klasse begrüßen zu dürfen." Sie weist David einen freien Platz in der zweiten Reihe neben Nicole zu.

Nicole schaut ihren neuen Nachbarn ganz genau an und fragt plötzlich: „Sag mal, als du reinkamst, hast du auch so komische Geräusche draußen gehört?"

Da lacht David plötzlich über beide Ohren und entschuldigt sich, dass er über die Brücke gelaufen ist, die über den kleinen Bach gebaut wurde und diese durch den Schnee und die Belastung ziemlich heftig geknarrt hat. Sofort fängt die ganze Klasse an zu lachen, weil das Geräusch sie alle so erschreckt hat.

Frau Himmel fordert David auf, etwas über sich zu erzählen. Der aufgeweckte Junge lässt sich so etwas nicht zweimal sagen und fängt an zu erzählen.

Er ist neun Jahre alt und erst vor einer Woche mit seinen Eltern und seiner kleinen vierjährigen Schwester Tatjana in das kleine Örtchen gezogen. Zuvor wohnten wir in einer großen Stadt. Doch da kann man überhaupt nicht spielen und Schnee gab es nie. Er erzählt weiter, dass er sich schon richtig freut, einen großen Schneemann zu bauen und hofft, dass er ihn nicht alleine bauen muss. David wünscht sich viele neue Freunde zu finden, die ihm dabei helfen möchten.

Nachdem er geendet hat, holen alle ihre Lesebücher heraus, David schaut mit Nicole zusammen in ein Buch hinein. So wird der Unterricht fortgesetzt. Als endlich die Schulglocke um zwölf Uhr das Ende der Schulzeit für diesen Tag ankündigt, sind die Schüler ganz wild wieder ihre Bücher einzupacken, damit sie raus in den Schnee dürfen.

Es dauert nicht lange, da ist schon eine große Schneeballschlacht im Gange. Die Lehrerin kommt kurze Zeit später auch aus dem Gebäude und schwups hat sie den ersten Schneeball abbekommen. Elise Himmel selbst noch jung an Jahren, sportlich, winterlich gekleidet, die blonden Haare als Zopf zurückgebunden, legt ihre Tasche zur Seite und formt mit geschickten Händen, als ob es erst gestern gewesen wäre, dass sie mit ihren drei Brüdern die wildesten Schneeballschlachten ausgetragen hat, den ersten Schneeball. Die Schüler quietschen vergnügt, als die Lehrerin mitspielt.

Am Zaun des Schulhofes versammeln sich schon die ersten Passanten, nach und nach werden es immer mehr Dorfbewohner, die diesem Schauspiel zuschauen. Einige lächeln verschmitzt und andere schütteln ungläubig den Kopf. Nach einer Stunde geht die Nässe langsam durch die Kleider der „Sportler". Die Menschenmenge hinter dem Zaun applaudiert und die Kinder verabschieden sich.

David ist richtig glücklich über den Verlauf des Vormittages, und dass er in eine so tolle Klasse gekommen ist. Auch er macht sich auf den Heimweg, seinen Gedanken nachhängend. Plötzlich hört er hinter sich eilige Schritte und eine Stimme laut seinen Namen rufen. Er dreht sich um und sieht Nicole mit ihren wehenden Zöpfen auf sich zu rennen. Es stellt sich heraus, dass sie Nachbarn sind. Nicole wohnt mit ihren Eltern und ihrem kleinen Bruder Oliver in dem Bauernhaus mit dem riesigen Hof einige Häuser weiter. Der Junge schaut ganz ehrfürchtig auf das große Gebäude und bekommt langsam ganz große Augen.

Das Mädchen schaut ihn von der Seite an und plötzlich sagt es ganz spontan: „Wenn du magst, können wir heute Mittag nach den Hausaufgaben den riesengroßen Schneemann bauen, den du heute Morgen in der Schule erwähnt hast?!"

David sagt überglücklich zu und verabschiedet sich bis später. Dann dreht er sich um und läuft nach Hause.

Im neuen Heim angekommen, einem älteren Fachwerkhaus, das ganz idyllisch von einem alten Baumbestand eingefasst ist, läuft er durch das quietschende Gartentor und wird von seiner Mutter bereits an der Eingangstür empfangen. Als er sie anstrahlt, freut auch sie sich über den ersten gelungenen Schultag ihres Sohnes.

David geht mit seiner Mutter ins Haus und schnuppernd läuft er in die Küche, wo noch die dampfenden Plätzchen auf ihn warten. Im Haus riecht es wunderbar nach Anis, Zimt, Koriander und anderen leckeren Weihnachtsgewürzen. Glücklich erzählt David, wie schön es in der Schule war, und dass er bereits eine neue Freundin gefunden hat. Die Mutter schaut ihn stolz an und ist froh, dass sie einen so aufgeweckten Jungen zum Sohn hat.

Danach ist David – schwups – auch schon wieder verschwunden. Er will so schnell wie möglich seine Hausaufgaben hinter sich bringen, damit er endlich den lang herbeigesehnten Schneemann bauen kann.

Am Nachmittag hat er viel Spaß mit Nicole und dem vielen Schnee, den er aus der Großstadt nicht kennt. So ziehen sich langsam, und doch ganz schnell für David, die Tage bis zum Heiligen Abend hin. In der Schule lernen sie noch ganz viel über die Weihnachtsgeschichte, von Maria und Josef, dem Stern von Bethlehem und den drei Waisen aus dem Morgenland. Doch je näher Weihnachten und die Ferien rücken, desto unruhiger sind die Schüler und Elise Himmel hat immer mehr Überredungskünste nötig, um die Schüler doch noch etwas auf den Unterricht zu lenken.

Am letzten Schultag vor den Ferien wird statt Unterricht ein schönes Frühstück in der Klasse veranstaltet, mit selbst gebackenen Plätzchen und vielen gemeinsamen Liedern, die noch mehr auf das Fest einstimmen sollen, wenn das überhaupt möglich ist. Doch auch dieser Vormittag vergeht und zwar langsamer als alle anderen Vormittage zusammen. Um elf Uhr klingelt die Schulglocke und die Schüler von Elise Himmel verlassen fluchtartig das Schulgebäude.

Die meisten Kinder dürfen nämlich ihren Eltern beim Schmücken des zuvor gekauften Weihnachtsbaumes helfen. Der muss ja besonders hübsch aussehen, damit das Christkind sich wohlfühlt und viele Geschenke unter den Baum legt. So laufen auch David und Nicole schnellstens nach Hause.

Der Junge stürmt mit hochroten Wangen ins Haus und ist ganz überrascht, dass seine Mutter ihn nicht erwartet, wie die Tage zuvor. Aber vor Weihnachten hat ja jeder Geheimnisse und so auch seine Mutter. Sie ist in der Vorratskammer und holt die zuvor versteckten Plätzchen hervor, um den Appetit auf den Weihnachtsabend anzuregen. Sein Papa Peter ist im Wohnzimmer und hat schon die ganzen Kisten mit dem Weihnachtsschmuck parat gestellt, damit David und seine kleine Schwester Tatjana direkt mit dem Schmücken beginnen können. Er selbst hält sich im Hintergrund und lässt die Kinder ganz in ihrer Aufgabe aufgehen, er schaut sich zufrieden die glücklich strahlenden Augen der beiden an. Da wird ihm bewusst, wie viel er jeden Tag verpasst, wenn er auf der Arbeit ist, etliche Kilometer von dem neuen Haus entfernt, wie oft er diese strahlenden Augen sehen könnte. Aber sie haben sich nach langem Hin und Her entschieden ein Haus auf dem Land zu kaufen, damit die Kinder unbeschwert in der Natur aufwachsen können.

Nach dem Schmücken, das sich länger hinzieht, als die Eltern vermutet hatten, versammelt sich die ganze Familie um den Kaffeetisch, um schon ein Stück Weihnachtsstollen zu essen. Man merkt schon, dass die Kinder sehr aufgeregt sind, was das Christkind morgen alles bringen wird. Erfüllt es alle Wünsche oder ist etwas dabei, was doch sehr überraschend und schön ist und sogar etwas, was man sich nicht gewünscht hat, aber trotzdem richtig toll findet?!

Da sie jetzt auf dem Lande leben, haben sich die Eltern für die Kinder eine Überraschung ausgedacht. In der Stadt waren keine Tiere im Haus erlaubt, deswegen soll es jetzt, da David und Tatjana sehr tierlieb sind, einen Hund auf Probe geben. Denn, wenn es nicht klappt, wurde mit dem Tierheim vereinbart, dass das Tier wieder zurückkann, damit es auch weiterhin artgerecht lebt.

Der Heilige Abend ist da. Nach dem Frühstück wird aufgeräumt, Schnee geschaufelt und noch einige Dinge erledigt. Dann endlich ist es Zeit für den Gottesdienst. Alle ziehen sich festliche Kleidung an und gehen in die Kirche. Hier hören sie der Weihnachtsgeschichte aufmerksam zu.

Doch die Kinder, David und Tatjana, werden immer unruhiger, denn die Bescherung rückt näher. Endlich hat der Pfarrer die Predigt beendet und das letzte Lied erklingt in den Gottesräumen.

Die Besucher gehen ganz gemütlich nach Hause, so auch David mit seiner Schwester und den Eltern. Doch bevor das Christkind die Geschenke bringt, wird erst zu Abend gegessen. In dieser Familie ist es am Heiligen Abend genau wie in vielen anderen sicherlich auch, das Traditionsessen Kartoffelsalat und Bockwürstchen.

Beim Abräumen helfen beide Kinder der Mutter ganz fleißig, dabei bemerken sie gar nicht, dass Papa Peter plötzlich nicht mehr da ist. Er ist zur gleichen Zeit auf dem Weg zum Nachbarhof um das Geschenk zu holen, den Hundewelpen von zwölf Wochen. Das Tierheim hat am Morgen des Heiligen Abends das Tier, das die Eltern einige Tage zuvor ausgesucht hatten, dort hingebracht.

Der Tisch ist soweit abgeräumt und plötzlich klingelt es ganz leise aus dem Wohnzimmer. Da sind David und Tatjana nicht mehr zu halten, sie stürmen hinein und sind von dem Lichterglanz des Baumes ganz überrascht. Als sie sich wieder gefangen haben, kommt ein leises Winseln aus der einen Ecke des Wohnzimmers. Da entdecken die beiden ihren Vater mit einem kleinen Wollknäuel auf dem Arm. David und Tatjana laufen auf ihren Vater zu und schauen den Welpen ganz ehrfürchtig an. Ganz vorsichtig greifen beide nach ihm und ihre Freude ist riesengroß.

Die Kinder hatten sich lange ein Haustier gewünscht und nehmen es umsichtig auf den Arm. Da ist der Weihnachtsbaum vergessen. Die Eltern schauen sich glücklich an und denken, dass dies das richtige Geschenk für die beiden ist. Jetzt muss es nur noch mit der Pflege klappen. Aber in dieser Hinsicht haben sie gar keine Bedenken. Nach der Bescherung verbringt die Familie noch einen wunderbaren Heiligen Abend zusammen.